LA VIE PRÉCIEUSE

Yrsa Daley-Ward

LA VIE PRÉCIEUSE

Traduit de l'anglais
par Julia Kerninon

la croisée

Titre original :
The Terrible

Illustration :
© àsìkò

Conception graphique :
Karine Picault – Studio Delcourt

Première publication aux éditions Penguin Books, UK, en 2018.

La croisée
Groupe Delcourt
8, rue Léon Jouhaux
75010 Paris
www.editions-lacroisee.fr

À Little Roo.

jusqu'ici, j'ai tout aimé,
même les choses les plus terribles.

et Dieu sait qu'il y en a eu.

Prologue

Mon petit frère et moi, on a vu une licorne dans le jardin à la fin des années quatre-vingt-dix. Je vous jure.
Aucun de nous deux ne l'a inventée ; elle était aussi réelle que n'importe quoi d'autre. Parfois, quand le monde qui nous entourait devenait flou, quand les faits laissaient place à des vérités moins établies et que des choses effrayantes semblaient se produire, nous pouvions tous les deux voir clairement dans la Quatrième Dimension. Dans ces moments où Linford James était debout sur une échelle à minuit, à taper de toutes ses forces sur la fenêtre de la salle de bains en criant le nom de notre mère,

et après, quand le ton de sa voix s'assombrissait et qu'avec Maman ils s'affrontaient, aucun d'eux ne remarquait la licorne. Les adultes traversaient leurs vies en passant sans arrêt à côté de la beauté.

Little Roo avait six ans. Moi dix. La licorne a fait quelques tours majestueux du jardin, avant de disparaître complètement dans le rosier. Pour nous, la Quatrième Dimension était la seule explication possible. Nous n'étions pas en train de rêver.

Cette nuit-là, Maman a appelé la police. Mais le lendemain soir, Linford dormait de nouveau dans son lit, ronflant à faire trembler les murs à sa façon effrayante.

La licorne n'était pas la seule chose étrange. Comme nous vivions à Chorley, tout au nord, nous étions plus proches du ciel que la plupart des gens. Quelle chance. Little Roo voyait souvent des choses écrites dans les étoiles. Des Signes, des Faits et d'Autres Choses. Je vous jure.

Il savait pourquoi les adultes disaient ce qu'ils disaient. Et pourquoi ils ne *pensaient* pas ce qu'ils disaient, et qu'ils savaient encore moins ce qu'ils faisaient. Parfois il ne trouvait pas de réponses, mais seulement des questions absolument parfaites.

Un génie, mon petit frère.

Marcia Daley-Ward
alias « Maman »

avait la taille fine (au tout début)
des cheveux doux
un sourire magnifique (des portiques de nacre.
Des portes d'église resplendissantes).
Marcia avait le regard malicieux
des hanches souples
pouvait danser mieux que quiconque à la télévision
vivait avec ses grands-parents à Kingston,
Jamaïque,
et elle était tellement tellement gentille,
avec un côté artiste.
Quand on lui demandait d'aller chercher dans les
bois une branche avec laquelle son grand-père
battrait ensuite son petit frère
(pour une quelconque offense mineure),
elle choisissait une branche fragile qui se briserait
dans la main de son grand-père
ce qui lui valait d'être battue elle aussi.

Marcia
avait quatorze ans et était toujours maigrichonne
quand elle prit l'avion pour l'Angleterre,
seule et terrorisée
avec un bébé dans son ventre. Son petit ami à cette
époque n'était pas le père du bébé

mais cela n'avait aucune importance, parce que
tout allait changer.
Sa mère l'avait – enfin – réclamée auprès d'elle
et elle serait désormais aussi loin de ces hommes
qu'il était Dieu possible.
Elle tremblait en sortant de l'avion. Elle s'apprêtait
à revoir ses parents, pour la première fois depuis
des années. Comment allait-elle leur dire ?
Comment allait-elle expliquer ?

Marcia
a seize ans et un Bébé Samson qui hurle, dans le
Nord-Ouest de l'Angleterre.
Quel bordel
et il ne cesse de grandir. Un véritable homme
miniature ; la somme
de plusieurs peurs. Il grandit et grandit, plus vite
qu'elle ne peut le gérer. Elle maudit le Seigneur.
Les parents de Marcia interviennent. Surtout
quand le petit Samson roule sur son petit tricycle
jusqu'à la maison de Grand-mère juste pour
s'éloigner de Marcia et de ses sautes d'humeur. Ils
l'élèvent comme un fils ;
jamais comme un petit-fils. Il les appelle même
« *Papa et Maman* »
Et écrit dans la case de Marcia :
néant.

Seule,
Marcia étudie pour devenir infirmière.

Alors
bientôt, Marcia, l'étudiante infirmière, a vingt-six
ans. L'homme qu'elle aime est un bel universitaire
à la peau sombre avec du charisme, de l'éducation
et une femme et une famille au Nigeria. Il boit de
la Guinness.

Il est toujours le dernier à quitter le pub. Le
dernier à rentrer chez lui, et, presque tous les soirs,
il se tourne vers Marcia avec ces yeux irrésistibles,
vides, brillant d'une lueur noire, si bien qu'elle ne
peut pas rester en colère, même si elle essaie.
Mais son autre foyer l'appelle et l'année
académique touche à sa fin
et leur temps ensemble sera bientôt fini. Il sait et
elle sait qu'il ne restera pas, mais ils font tout de
même un enfant.

Y R S A,
elle dit. Yrsa. J'aime comment ça sonne.

UN

Aa

Fais-moi la lecture ! disait Maman ;
et bon sang, nous lisions. Nous passions nos vies à lire. Dès le tout début.
Des mondes chauds et épais qu'on trouvait dans les livres avec la coccinelle et le petit pingouin sur la tranche.
Des mondentiers liquides et montagneux.
Pourquoi est-ce que personne n'a aidé la Petite Poule Rouge à faire la cuisine ?
Ou
Pourquoi est-ce que le chat était si méchant ?

Et Maman montrait l'image du chat qui faisait des bêtises. Le chat en colère, grimaçant, assis les bras croisés dans un coin.
C'est parce qu'il a besoin d'amour, disait-elle. C'est seulement parce qu'il a peur.

Pourquoi est-ce que le lion a hurlé, « Il faudra me passer sur le corps ! » quand quelqu'un a essayé de prendre son peigne ? Pourquoi a-t-il rugi et effrayé la jungle tout entière ?

C'est parce qu'il a besoin de choses, disait-elle,
le lion est seul et vaniteux.

Maman était douce. Douce comme du lait chaud et tout ce qui était écrit dans nos mondes de papier brûlait de sens.

Bb

Elle me soulève jusqu'au plan de travail
de la cuisine.

Cette enfant est tellement, tellement douée.

Elle sait déjà lire ?

Eh bien, vérifie par toi-même.

Si tôt avant l'école ?

Oui, tout à fait. Les enfants sont capables de tout, tu sais. Il suffit de leur apprendre. Regarde avec quelle facilité elle trace les mots.

Elle me sourit. Ses yeux, comme du miel. Un bronze étincelant.

Tu es ma *supernova*,
dit-elle.
Mon explosion brillante et vrombissante.

Marcia a trente ans,
aime Linford
mais elle se sent dépossédée de quelque chose. Un

ami (Sonny, c'est son nom)
passe la nuit à la maison (une fois de plus) et
quand sa petite fille pousse la porte de la chambre,
elle la fait sortir, vite.
« Retourne au lit », dit-elle. « On se voit demain
matin, mon bébé. Je t'aime. »
Puis elle se rallonge, une main sur son ventre, en
se demandant à quelle heure de ce sombre matin
l'Ami Sonny s'excusera avant de disparaître dans la
ville.
Quelque part à l'intérieur d'elle, Little Roo
commence à exister
et personne ne le sait encore, sinon Dieu.

une maison rouge

Nous avons déménagé. Linford est le petit ami de Maman et nous vivons maintenant chez lui. C'est une maison avec deux pièces en haut deux pièces en bas à Warrington. La maison de Linford est en travaux, mais c'est presque fini. Au départ c'est excitant, de s'installer dans cette maison de briques rouges à moitié construite, avec un plancher rouge, rouge. Une presque-maison. Une maison presque au coin de la rue.

Le carrelage de la cuisine me dérange parce qu'il est griffé et inégal et que je pense qu'il peut y avoir des microbes.

Mon petit frère arrive à cette époque. Je l'appelle Little Roo parce qu'il est ce que les grands appellent « hyperactif » et qu'il aime sauter partout, comme un kangourou. Linford est représentant de commerce et parfois il doit partir deux ou trois jours pendant que Maman est de garde de nuit à l'hôpital, alors nous avons cette baby-sitter qui s'appelle Bev. Bev la Baby-Sitter sent les bonbons à la violette et a des cheveux ondulés jaunes et de longs ongles et beaucoup de taches de rousseur, et elle parle beaucoup au téléphone tard le soir. Quand je suis dans mon lit je peux l'entendre glousser à travers le plancher.

Mon grand frère Samson est loin, il se bat dans l'armée. Ça me manque de ne plus lui donner la main sur le chemin de l'école. J'aime mon petit frère, mais il est trop petit pour savoir comment faire les choses et il pleure beaucoup.

Samson était obligé de partir, il a dit. Il est désolé. Mais il ne peut pas *supporter ce Linford*

et il *devait partir*. Maman raconte tout ça à Bev la Baby-Sitter pendant qu'elles boivent du thé le matin et Bev secoue la tête avec désapprobation, tire sur sa cigarette et déclare que Samson est un « adolescent typique »,

« Quel âge il a ? Dix-sept, dix-huit ? Ils sont tous pourris à cet âge-là », dit-elle,

Et Maman, toujours dans son uniforme d'infirmière blanc et bleu, baisse les yeux vers son thé et répond calmement,

« Il n'est pas pourri ; ils voient les choses différemment de nous, c'est tout. » Et Bev secoue la tête et dit,

« L'armée n'est pas la solution, pourtant, si ? Ça leur apprend juste à être violent, je pense. Ça les fout encore plus en l'air »,

et Maman tend vingt-cinq livres à Bev et se lève lentement, en se tenant la tête,

et elle dit,

« Bon, Beverly, je ferais mieux d'aller me
coucher. Merci ? »

et Beverly hoche la tête et enfile son manteau.

J'ai seulement sept ans et je commence déjà à m'arrondir aux mauvais endroits. Les renflements de mes petits seins se voient à travers mes vêtements, formant des points saillants

... c'est allé tellement vite, dit Maman, que ça rend nerveuse. Elle travaille toutes les nuits à l'hôpital du coin et elle s'inquiète

et elle me dit de porter de grands t-shirts par-dessus mes chemises de nuit – surtout la longue bleue soyeuse, qui descend si bas qu'il faut trois épingles à nourrice.

Rappelle-toi, Linford n'est pas ton père, dit-elle. La nuit, maintenant, porte ma chemise de nuit orange, tout le temps. Celle avec les fleurs. Sois attentive.

Qu'est-ce que ça veut dire, *attentive* ?

Ça veut dire, utilise ta tête. Tu grandis et tu vas devenir quelque chose d'autre. Toutes les petites filles grandissent et changent

et…

écoute,

c'est comme ça.

C'est vrai. Je me sens nouvelle. Mal à l'aise. Je suis consciente de ma grande taille pour mon âge, des choses qui poussent sur mon torse et de celui

qu'on *appelle* Papa

mais qui n'est *pas* Papa.

Papa est quelque chose que je ne savais pas que j'avais. Ni que j'en avais besoin.

Qui *est* mon papa, alors ? je demande un jour.

Il est Nigérian. Il vient du NIGERIA,

affirme Maman fièrement, comme si ça répondait à la question.

Beau comme tout et il est INCROYABLE. Je l'aime encore.

Vraiment.

Et c'est un PRINCE, tu sais. Une tête couronnée.

Tu as du sang royal dans les veines, tu sais. Nous nous écrivons, tu sais. Tu veux voir à quoi il ressemble ?

Oui.

Maman sort une photo d'une grande enveloppe sur laquelle est écrit « Impôts » dans le tiroir de sa table de chevet.

L'Incroyable Nigérian a le visage rond et souriant, la peau lisse et sombre. (Beaucoup plus sombre que Linford et mes grands-parents.). Il porte un chapeau carré et une toge. Maman dit que c'est sa tenue de diplôme. Elle dit que c'est l'homme le plus intelligent qu'elle connaisse.

L'Unique, dit-elle, le regard perdu au loin. Mon Dieu, et tu lui ressembles comme deux gouttes d'eau, tu sais ?

Non.

C'est un adulte. C'est un étranger.

C'est un homme avec un chapeau carré et une toge.

contradictions et informations

Certains « faits » sont des mensonges ; voilà la vérité.
Je dois toujours appeler Linford « Papa »
mais mon vrai papa est un professeur d'université
au Nigeria, qui lit beaucoup de livres. Maman
dit que je suis une *Africaine*, ce qui sonne très
bien. Mais Grand-père dit que les *Africains* sont
méchants et nous ont vendus en esclavage.
Samson est parti. Parti se battre, mais pour une
bonne raison.
Les soldats meurent parfois
mais ça n'arrivera pas à Samson, parce que nous
faisons nos prières avant de nous coucher.

Il y a peut-être un *souci* avec Linford, dit
Maman.
C'est quoi un *souci* ?
Un souci est une chose. Ce n'est pas qu'il n'est
pas Bon ;
c'est juste qu'il n'a aucune patience. C'est juste
qu'il grogne beaucoup.
Le lion est assez solitaire ;
Le chat, il se sent juste mal.
Il a besoin d'amour et il a peur, et nous devons
le comprendre.

L'amour est une chaîne : Maman nous aime Little Roo et moi. Marcia aime Linford. Je ne sais pas qui Linford aime. Marcia dit qu'elle a une jolie petite fille, avec un sourire et des yeux qui vont briser le cœur des hommes. Marcia pense que son enfant sera une belle chose. Exactement comme ton père, dit-elle.

Je l'aimais.
Mais il a une femme
et des *responsabilités*.
Maman me dit mon nom africain.
Dankyes,
dit-elle
Dankyes Mikuk.
Dankyes signifie,
« Enfin ! La fin des choses terribles. »

La chemise de nuit bleue part en lambeaux. Je porte la chemise de nuit orange comme on me l'a demandé, mais un jour, Maman annonce que je déménage. Elle et Little Roo restent chez Linford mais moi je dois partir. Je dois être Ailleurs pendant Quelque Temps. C'est mieux comme ça. Je vais aller vivre à des kilomètres de là chez Grand-mère et Grand-père, où je devrai manger beaucoup de riz et de haricots rouges et j'irai au lit tôt et à l'église tout le temps, et tous les autres pourront rester à Warrington, à manger du KFC et à s'amuser. C'est seulement pour quatre ans, dit-elle. Jusqu'à la Grande École. Et quatre ans ça passe vite.

Marcia dit,
« J'ai besoin de travailler de nuit et de ne pas m'inquiéter. »
Maman dit qu'il ne s'agit que de quatre petites années chez Grand-mère. Marcia dit,

« Ce sera fini avant même que tu t'en rendes compte, petite. »

Quelque chose commence à dérailler. Je ne sais pas ce que c'est. Je sais seulement que, selon Marcia, ma chemise de nuit est une mauvaise chose. Satin bleu foncé. Une longue, mauvaise chose. Et la maison rouge est dangereuse
ou bien
c'est moi qui suis dangereuse
ou nous sommes dangereuses en même temps,
nous sommes dangereuses l'une pour l'autre.
Mon corps est trop grand pour rester dans cette maison.

Corps-piège,
Corps-trappe qui mène à un lieu hanté qui n'existe pas.

Linford Presque-une-mauvaise-chose
mais pas totalement. Linford est un Demipapa
parfois effrayant parfois drôle parfois il nous emmène acheter des glaces parfois il rugit quand nous ne mangeons pas toutes nos montagnes de riz et poulet/poisson/animaux morts et douves et rivières de sauce et de ragoût – un dîner peut être tout un royaume. Parfois il crie, je vais vous frapper, mangez la bouffe MAINTENANT ou vous allez vous en rappeler ! Et il nous laisse dans la cuisine avec l'horrible sol rouge avec les griffures et les paysages de patates et des ignames. Parfois il nous donne des pièces de cinquante pence qui brillent et parfois il nous achète du cream soda pour la glace nous faisons des glaces flottantes ;
parfois il fait ci,
parfois il fait ça.

le grand chapitre/le septième jour/ le sens de la vie

Grand-père et Grand-mère sont de pieux Adventistes du Septième Jour. Ils aiment Jésus et Dieu, qui sont en fait presque la même personne et omniscients et puissants et forment une trinité avec le Saint-Esprit.

Rien n'est plus important que Jésus et Dieu et le Saint-Esprit. Quiconque ne sait pas cela sera détruit, ainsi dit la Bible. Quiconque ne sait pas cela ira tout droit en enfer, où il y aura des larmes et de la douleur et des désastres.

Dans cette maison, nous servons Dieu, Jésus et le Saint-Esprit. Nous ne mangeons pas de fruits de mer et nous ne mangeons pas de porc, sous aucun de ses déguisements sournois. (Le porc est une viande impure.) Nous ne buvons pas de Coca-Cola ni de thé ni de café (à cause de la caféine, qui est une DROGUE) nous ne disons pas « béni sois-tu » quand quelqu'un éternue, parce que c'est blasphématoire, exactement comme d'invoquer le nom du Seigneur en vain.

Nous ne portons pas de bijoux. Nous ne nous parons pas. (Orgueil.)
Si vous êtes noir,
c-à-d, si vous n'avez pas la chance d'avoir de Beaux Cheveux Longs, vous pouvez avoir une perruque ou

une permanente – elles sont nécessaires, et donc autorisées. (Orgueil acceptable.)

Nous connaissons toute la Bible, de la Genèse à la Révélation, et nous allons à l'église toute la journée chaque samedi, du lever au coucher du soleil. Samedi est le septième jour mais les gens de ce pays qui ne sont absolument pas des chrétiens mentent et nous font croire que c'est le dimanche. Nous sommes les seuls vrais gardiens du Sabbath et tous ceux qui vont à l'église le dimanche commettent un péché et iront plus que probablement en enfer. (Les Juifs vont à l'église le samedi aussi mais ce sont des pécheurs de plein d'autres façons et en plus ils ont tué Jésus.)

Grand-mère et Grand-père sont dans ce pays depuis des années, pourtant ils ont conservé leurs coutumes jamaïcaines, leurs idéaux et leurs accents. Entre eux, ils s'appellent Maman et Papa. Leur maison est très organisée, avec de la tapisserie à fleurs,

des nappes en dentelle
des rideaux en crochet
des images de Jésus plastifiées
des sphères en verre avec des motifs qui ressemblent à du marbre à l'intérieur
des plaques sur lesquelles sont gravés des versets de la Bible
des assiettes décoratives
des fleurs artificielles
et des figurines en porcelaine de belles femmes blanches en robes avec
des tasses de thé
tout ceci exposé dans des vitrines,

l'une sur pied dans la salle à manger et une plus petite dans la « pièce de devant, » qui est interdite d'accès, parce que la « pièce de devant » est l'endroit où le Pasteur peut s'asseoir, ou les vendeurs au porte-à-porte, ou le monsieur des assurances. Les gens importants.

C'est là qu'on trouve la bibliothèque, le canapé à fleurs qui a coûté cher, la Bible illustrée pour enfants, le gramophone (même si ça fait des années qu'il n'a pas fonctionné), des photos encadrées de mes tantes/oncles/cousins quand ils étaient jeunes, les Belles Assiettes et les Beaux Verres (avec des motifs d'oiseaux et de fleurs de couleur vive. Réservés pour Noël, ou pour les Gens de l'Église qui viennent dîner).

La pièce du fond nous sert de pièce à vivre, où nous mangeons, nous asseyons et regardons la télévision. Nous mangeons dans des bols jaunes et de la vaisselle à motifs chinois bleu et blanc passés. Au-dessus de la table du dîner se trouve une grande reproduction du Christ et de la Cène, à côté d'une haute pendule dorée. Dieu voit tout. Tout le temps.

Il est « *l'auditeur silencieux de chaque conversation* », dit Grand-mère,

c'est pourquoi nous avons un calendrier qui nous dit l'heure exacte du lever du soleil chaque vendredi, quand le Sabbath commence, et c'est aussi la raison pour laquelle nous sommes toujours à genoux, en train de prier. Nous ne voulons pas brûler en enfer le jour du Jugement avec les païens, les sots de non-croyants et les autres scélérats.

Grand-mère aime Être Toujours Bien Mise. Elle dit, « Il n'y a aucune d'excuse pour sortir du droit chemin, » et « ne laisse personne penser qu'il a des droits sur toi. » (Orgueil Bon et Décent.)

Elle a de belles robes et des ensembles et beaucoup sont brillants. Elle porte du parfum de chez Avon et des escarpins à talons hauts assortis à tous ses chapeaux et sacs à main d'église. Elle en a beaucoup. Elle est petite et ronde, toujours en train de nettoyer la maison à la perfection. Grand-mère est la meilleure cuisinière à la ronde ; son riz aux haricots rouges, son poulet, ses macaronis au fromage et ses pommes de terre rôties attirent tout le monde à la maison avec des Tupperwares. Elle fait de la pâtisserie et décore de belles pièces montées aux fruits pour toute la famille et les mariages et les baptêmes et elle sait faire des fleurs en sucre glace. Elle a toujours des menthes extra-fortes sur elle. Parfois elle lit des romans d'amour. Je le sais parce que je les ai vus. Elle suit en permanence un régime ultra-sain et mange de minuscules quantités dans les bols les plus petits possibles, pendant que tout le monde dîne.

Grand-mère me montre comment faire le lit « au carré » et je n'arrive tout simplement pas à prendre le coup. Elle se met en colère. Elle me dit que je mets sa patience à l'épreuve. Elle dit, « Enfant, enfant. Rentre-toi ça dans la tête. Tâche de ne pas être inutile. »

Grand-père est toujours bizarre. Il est mince et alerte, avec des cheveux poivre et sel. Chaque fois qu'il apprend un nouveau mot, il le vérifie dans l'*Oxford English Dictionary* et le note dans son carnet, en essayant de l'utiliser dans une phrase. Il écrit tout en capitales de taille égale. Il fait la vaisselle trois fois par jour sans exception, immédiatement après le repas. Chaque matin, il me fait réciter les vers anglais qu'il a appris quand il était écolier en Jamaïque.

« Les hommes n'ont jamais atteint
Les sommets par un vol soudain,
Mais tandis que leurs compagnons dormaient,
Eux dans la nuit travaillaient. »

« Ne te repose pas sur les autres ! Sois un homme !
Sois sûr de toi !
Sois indépendant, si tu le peux,
Et cultive un caractère solide. »

« Est-ce que ces vers sont seulement pour les garçons, Grand-père ? »

« Non, enfant. C'est juste que l'homme a été créé en premier. »

« Est-ce que c'est pour ça que tu m'appelles "il" parfois ? »

« Oui, enfant. C'est comme ça qu'on fait en Jamaïque. L'homme a été créé d'abord, tu vois. »

« Est-ce que Dieu pense que les hommes sont plus importants ? »

« Dieu ne pense pas. Dieu sait. »

« Alors les hommes sont meilleurs que les femmes ? »

Grand-père dit qu'il ne veut pas vraiment le dire comme ça, mais la femme a été créée à partir de la côte de l'homme,

donc,

tu sais.

Il va dans la salle de bains, où il passe une heure tous les soirs après le dîner, à se laver le visage et à tailler sa barbe posément. Son kit de rasage en cuivre est rutilant, sa routine précieuse. La piété commence par la propreté, dit-il. Je veux être exactement comme lui. Il a un endroit pour tout et beaucoup de merveilleuses boîtes brillantes… mais pas de babioles. Les babioles sont moches et purement décoratives. Les boîtes de Grand-père ne sont certainement pas décoratives. Elles sont *uniquement* des contenants.

Grand-père a quelques réponses bibliques en stock pour n'importe quelle question au monde,

notamment

« *Il y a un temps et une place pour tout sous le soleil.* »

« *Enfants, obéissez à vos parents et au Seigneur.* »

et

« *Ainsi est ce monde impie.* »

Je n'ai pas le droit de m'aventurer plus loin que le portail du jardin, exceptions faites de l'école et des missions religieuses. Dormir chez des amis est inutile, et le cinéma un péché terrible.

« Halloween n'est rien d'autre qu'un Non-sens Païen », crache Grand-père, vexé au possible. Puis il lève ses mains en l'air et ajoute qu'il ne sait pas où va ce monde impie.

Les autres choses qu'on ne peut absolument pas mentionner devant lui sont :

— Les animaux préhistoriques ou les dinosaures (dont la Bible ne fait aucune mention, et qui n'ont probablement jamais existé).

— Quiconque, où que ce soit, qui a déjà dit un gros mot.

— Le bacon.

— Les films qui ne parlent pas de Dieu.

Les exemples de ceux qui ne sont ni Dieu, ni Jésus, ni le Saint-Esprit mais qui sont *Bons* sont :

1. Ellen G. White (que nous devons étudier à l'église parce qu'elle a prophétisé des choses au sujet de la fin du monde et avait des visions spirituelles)
2. Les gens dans la Bible, principalement
3. Nelson Mandela
4. Dr Martin Luther King Jr.
5. Cet homme qui s'appelle Terry Waite (qui a été

retenu en otage à Beirut si longtemps qu'il a perdu la parole)
6. Le pasteur (et sa famille)

Nous avons beaucoup, beaucoup de règles.

Nous laver dans la baignoire avec attention et en pleine conscience, sans jamais oublier de se rincer.

Essorer les serviettes dans le sens des aiguilles d'une montre, puis dans le sens opposé, puis de nouveau dans le sens des aiguilles d'une montre.

Aider Grand-mère à laver les habits à la main dans la baignoire le dimanche.

Boire des boissons amères pour purger le sang.

Boire des tisanes médicinales pour purger le sang.

Boire de l'eau chaude pour purger le sang.

Assister à des réunions de prière pour purger l'âme.

Nous chantons beaucoup d'hymnes avec des mots comme

« Lave-moi et je serai plus blanc que neige. »

8.0

L'école primaire du comté de Gillibrand
était un océan de blanc, à l'exception de mon
propre visage noir. Malgré ça, je me suis fait des
amis. Généralement, si quiconque essayait de
m'insulter, au moins deux ou trois d'entre eux
se précipitaient pour me défendre. « Arrête ! »
criaient-ils. « C'est pas sa faute si elle est noire !
Je vais aller dire ce que t'as fait. »

Mais à la maison, nous considérions que les
enfants de l'école étaient indisciplinés et sauvages,
et pas des exemples de bonne conduite parce qu'ils
ne respectaient personne. Et c'était en partie,

disait-on,

parce que les Blancs portaient leurs bébés devant
eux plutôt que sur leur dos

(alors que tout le monde sait qu'un bébé doit
être attaché *derrière* sa mère afin d'apprendre le
respect).

Selon Grand-mère, beaucoup de Blancs :

Ne lavaient pas les tasses et les assiettes
correctement (ils les posaient sur l'égouttoir,
pleines d'eau savonneuse)

N'apprenaient pas à leurs enfants à nettoyer la
maison.

Laissaient leurs enfants leur répondre.

Ne respectaient pas le Sabbath ni ne se souciaient de Dieu
Portaient des jeans déchirés et appelaient ça la mode
Ne savaient pas très bien cuisiner, à moins d'être chefs
Fréquentaient les pubs (horrible)
et mangeaient de la nourriture sur des tables dépourvues de nappes.

Ceci bien sûr ne s'appliquait pas au couple blanc jamaïcain de l'église, ni au couple blanc d'Écosse à l'église,
ni à notre gentil voisin d'à côté,
ni au docteur, ni au monsieur des assurances.

Un jour, alors que Roo était chez Grand-mère pour les vacances d'été, on a entendu un petit coup à la porte. C'étaient deux garçons Mormons sérieux, aux yeux écarquillés, tendus dans leurs costumes noirs sous la chaleur étouffante de juillet. L'un d'eux était blond et l'autre métis, ils parlaient avec l'accent américain. Ils étaient si jolis que je me disais qu'ils auraient pu faire de la télé. Je ne pouvais pas arrêter de les fixer. Nous avons dû déplacer nos livres pour qu'ils puissent installer un cercle d'étude de la Bible dans le couloir. Grand-mère nous a laissés leur servir du jus de fruits et des biscuits au gingembre. Grand-père était disposé à discuter de tout sujet biblique. Le blond m'a souri doucement et m'a posé des questions sur l'école. Quand j'aurais un mari, me suis-je dit, je voudrais qu'il ressemble à un de ces deux-là. N'importe lequel.

Les choses se passaient assez bien, courtoisement même, jusqu'à ce qu'un désaccord arrive concernant le septième jour de la semaine, et la nécessité de le garder sacré.

Grand-père est devenu *furieux*.

« Le septième jour est le Sabbath du Seigneur Dieu ! C'est écrit là ! Noir sur blanc ! Le septième jour sera pour vous une chose sainte ! Vous travaillerez six jours, mais le septième jour est le Sabbath, le jour du Seigneur ! »

« M. Daley, nous... »

« Vous êtes en train de me dire que je ne connais pas la Bible ? »

« Non, pas du tout, M. Daley... Je – »

« Vous osez venir dans la maison d'un homme de Dieu et lui dire qu'il ne connaît pas sa Bible ! »

« Non, M. Daley, ce n'est pas ce que nous... »

Grand-mère était
presque nerveuse.

« Papa, calme-toi... »

« Non, Maman. Ces gens ont perdu la tête. »

Little Roo et moi avons échangé un regard.

C'était grave,
très grave. (Les deux garçons étaient rouges de honte et mal à l'aise.) Grand-père leur criait dessus comme s'ils étaient
nous.

« C'est une simple différence de points de vue, » a dit le brun, tandis qu'ils prenaient leurs jambes à leur cou en direction de la porte. Mais il n'y avait aucun compromis possible dans une maison aussi pieuse que la nôtre. Ils ont été mis dehors
avant même que les miettes de biscuits n'aient eu le temps de retomber sur le tapis.

Quand Maman est venue le week-end pour chercher Little Roo, elle a soupiré et dit que ce serait peut-être mieux pour lui de changer d'air. De rester quelque temps chez Grand-mère,

parce qu'elle était très prise par le travail et quelque chose qui s'appelait le *stress*.

vérité

Chanson secrète pour Linford James
alias *Papa*
par Little Roo et moi.

« Papa est vilain et nous sommes coquins
On se marre bien quand Papa est chagrin
Papa est vilain quand on se marre bien
Quand on est chagrin, Papa se marre bien. »

Un soir, Maman nous a révélé une nouvelle vérité. Nous étions assis sur le siège arrière de sa vieille Sierra blanche, à attendre que la salle de bingo ouvre pour qu'elle puisse récupérer ses gains. Une fois qu'elle a collecté 157 livres du bureau de paiement et s'est assise derrière le volant, elle a soupiré et est restée immobile, une main sur le frein, l'autre ratissant sa tête bouclée.

« Tu connais Sonny ? » a-t-elle dit, en me regardant dans le rétroviseur. J'ai acquiescé.

Elle a tourné sa tête en arrière vers Little Roo. « C'est son père. »

Maman a mâché un chewing-gum à la fraise et a fait exploser une bulle, les yeux dans le vide. L'odeur de fraise a envahi la voiture.

Quelques années plus tôt, Sonny passait chez nous de temps en temps, avant de s'évaporer.

C'était un des DJs du Caribbean Club, un « oncle » bourru et têtu. Il parlait avec une voix rauque et disait beaucoup de gros mots. Une nuit à l'époque, pendant que Maman faisait une garde, il m'avait emmenée à son travail et m'avait laissée traîner sur le dance floor.

« Elle est beaucoup trop jeune pour être là », s'était écriée une femme. « Tu n'as pas honte ? Cette petite devrait être au lit. »

« Va te faire foutre », avait répondu Sonny, qui se tenait à côté de la cabine de DJ, à boire du rhum à la bouteille. « Trouve-toi un mec et occupe-toi de tes putains d'affaires. »

Dans la voiture, Little Roo avait paru inquiet quelque temps.

« Mais je ne connais pas Sonny. »

« Non », a dit Maman. « Personne ne le connaît. »

Mon frère a semblé satisfait par cette réponse. Je m'apprêtais à dire quelque chose, mais Maman a démarré la voiture et m'a demandé de me taire. Elle chantait sur « *Mercy Mercy Me* » de Marvin Gaye. Elle était incapable de chanter juste, cela dit. Même pas pour tout l'or du monde. Nous pouvions à peine nous entendre réfléchir et le temps qu'elle nous ramène chez Grand-mère, nous avions tout oublié au sujet de Sonny.

Enfin, jusqu'à la prochaine fois que nous avons vu Linford James – et lui avons dit la Nouvelle Vérité. Nous étions tombés sur lui, plutôt par accident, un samedi après-midi. Nous jouions sur le trottoir, en attendant que Grand-mère finisse d'acheter des choses au magasin qui vendait des ignames, du plantain, des bananes vertes et du baume défrisant. Grand-mère devait faire des stocks dans la ville d'à côté le samedi après l'église, parce qu'on ne pouvait pas trouver de nourriture ni de produit pour cheveux pour Noirs là où nous vivions. Tandis que nous traversions la route jusqu'au parc, Linford apparut au coin de la rue de chez notre tante. Il semblait plus mince que d'ordinaire.

« Bonsoir », nous avons dit en chœur, bien entraînés à la politesse quand il s'agissait des Grandes Personnes.

« Vous sortez de l'église tous les deux ? »

« Ouais », a dit Little Roo, une sucette à la bouche.

« Tu me réponds pas *ouais*, garçon. Comment c'est d'être chez Grand-mère, hein ? Vous vous tenez bien maintenant, hein ? »

Little Roo est resté silencieux un moment et a donné un coup de pied dans la terre près de la clôture, l'amoncelant en un tas du bout de sa chaussure.

« Arrête de faire ça », a dit Linford. « Ces petites chaussures coûtent de l'argent, garçon. »

« Ouais. »

« Ouais quoi ? Sois pas malpoli. Pousse pas ma patience à bout aujourd'hui. »

Mon frère a retiré sa sucette de sa bouche. Le centre de sa langue était d'un vert éclatant.

« T'es pas mon père », a-t-il lâché.

Le visage de Linford a esquissé un mouvement, un demi-sursaut. « Qui t'a dit ça ? »

« Maman », a dit Little Roo. « Mon vrai père c'est Sonny. Sonny passe des disques dans les fêtes. »

« C'est vrai », j'ai ajouté. « C'est vrai. C'est Maman qui l'a dit. »

Linford nous a fixés durement. Il est resté immobile un moment,
réfléchissant à quelque chose,
puis il a hoché la tête

et nous a dit de prendre soin de nous. Sa voix était humide. Nous avons eu l'impression d'avoir fait une bêtise, sans savoir laquelle.

Nous l'avons regardé s'éloigner au bout de la rue, flottant comme de la poussière.

Ça ne marcherait pas.

Lorsque nous sommes rentrés chez Grand-mère, j'ai commencé immédiatement à écrire une lettre à l'Incroyable Nigérian à l'encre rose, verte et bleue. Je lui ai dit que nous ne nous connaissions pas mais que selon Maman ça allait bientôt changer. *Selon* était un des nouveaux mots préférés de Grand-père. J'utilisai aussi *apparemment*, un autre nouveau mot.

J'ai dit qu'*apparemment* j'avais des frères et une sœur qui m'attendait avec lui en Afrique et qu'*apparemment* l'un d'eux avait le même âge que moi et que *selon* ce que j'avais entendu, Maman et moi ferions le voyage dans quelques années, quand ce serait *approprié* (le mot de Maman), et que nous rencontrerions tout le monde et que nous serions bientôt tous réunis. Je lui ai parlé de mon certificat de lecture et de la fois où j'avais été appelée dans l'assemblée de l'école et où même les enfants qui n'aimaient pas les gens de couleur avaient dû m'applaudir. Je voulais demander à mon père si, toutes choses considérées, il pourrait vouloir se remettre avec Maman et puis j'ai décidé de ne pas le faire. Je ne voulais pas avoir des problèmes pour insolence. Mon père me verrait et saurait quoi faire. Je devais avoir la foi.

Little Roo supposait que son vrai père, Sonny, était un chasseur sauvage, venu d'un autre monde. Je me suis noté de partager mon père parce que Sonny n'était jamais jamais venu nous rendre visite. Peut-être que Samson avait besoin d'un père aussi.

Linford est parti après que nous lui avons appris la nouvelle vérité, en laissant ses chemises froissées pendues d'un côté de la penderie de Maman et sa boîte à outils et ses chaussures dans le placard sous l'escalier. Maman n'était pas le genre à pleurer pour des choses comme ça. Elle dit qu'elle avait un rhume

et que c'était pour ça que ses yeux étaient mouillés.

8.8

« Est-ce que tu crois »,
me demande mon frère,
les mains sur ses petites hanches,
« que Maman ne nous aime pas assez, et que c'est pour ça qu'on doit vivre avec Grand-père et Grand-mère ? »

Nous faisons du porte-à-porte pour récolter de l'argent pour World Wide Advent Missions, en vendant des images d'enfants africains minces et souriants aux familles du voisinage. (Mes grands-parents et l'église sont derrière tout ça.) Nous sommes vêtus des pieds à la tête d'ensembles en jean assortis.

Je hoche la tête. « Je pense qu'elle nous aime un peu, mais pas autant que les mamans des autres. »

« C'est parce qu'on est noirs ? Grand-père dit que le monde déteste les Noirs. »

« Non. Parce que les gens à l'église sont des gens de couleur et ils sont tous avec leurs mamans. Et Maman est de couleur aussi ! »

« Grand-père dit qu'on est noirs. Pas de couleur. »

« Le charbon est noir. La nuit et les mauvaises choses sont noires. De couleur, ça sonne mieux, Little Roo. Dis de couleur. »

Un adolescent aux yeux enfoncés et au crâne rasé ouvre la porte et hurle pour avertir qui que ce soit qu'il y a deux Gollies[1] à la porte, avant de monter l'escalier. La seconde d'après, les parents sont en train de nous regarder fixement. De sa douce petite voix, mon frère se lance dans une phrase parfaitement répétée,

« Nous récoltons des fonds pour Adventist Trust. Aimeriez-vous une carte postale ou un aimant pour votre frigo ? »

Leurs visages se détendent un peu et ils secouent la tête, non, mais ils nous donnent quand même cinquante pence chacun. La dame serre une croix en or attachée à une chaîne autour de son cou décharné. Ils nous demandent si les enfants sur les dépliants sont des gens que nous connaissons et nous mentons et disons que oui, ce sont nos cousins.

Ils nous demandent de quel endroit d'Afrique nous venons, mais Little Roo ne sait pas et je tente « Nigeria » mais je ne suis pas sûre de l'avoir bien prononcé. Nous ne ressemblons pas aux enfants sur le dépliant, mais le couple ne semble pas s'en apercevoir.

Le couple nous dit que nous parlons bien anglais et ils disent qu'ils sont tellement désolés pour le Tiers-Monde et tous ces problèmes. « C'est parce que vos dirigeants sont corrompus, » dit l'homme. « Ils ne savent pas se gouverner correctement. Ils veulent garder tout l'argent et le pouvoir pour eux et ils ne se soucient pas une seconde de vous. C'est honteux. »

Nous disons merci pour les pièces et quand ils ferment la porte, j'ai une sensation rouge et sombre, et je ne sais pas pourquoi.

Je me retourne vers Little Roo et je lui dis que Maman est destinée à aller en enfer,

tout droit en enfer,

1. Abréviation du mot anglais « gollywog », injure raciste. (*Note de la traductrice.*)

parce qu'elle est une Jézabel qui a eu des enfants sans être mariée et qu'aucun de nous ne connaît son père et c'est aussi une joueuse parce qu'elle va au bingo et joue au loto, ce qui est un péché colossal. Je suis très en colère contre Maman ces jours-ci parce que nous l'aimons tellement et que nous ne la voyons jamais. J'arrive presque à la moitié des quatre années, mais ça me semble déjà, genre, des siècles. Les dimanches, Little Roo et moi regardons par la fenêtre, en comptant toutes les voitures blanches qui passent, en espérant tout ce temps qu'elle va venir nous chercher et nous ramener à la maison pour de bon.

Ce soir-là, nous obtenons douze livres des gens de notre quartier. C'est notre meilleur jour jusque-là.

Et même mieux… nous revenons à la maison et Maman est là.

Mon ventre est plein de nœuds. Le vent siffle dans mon corps, à travers les boucles et les torsions. Je peux l'entendre. Je veux avoir l'air mature et pas trop excitée de la voir là, mais c'est difficile. Difficile parce qu'elle m'apparaît toujours comme un rêve.

J'inspire. J'expire. Je serre mes fesses pour empêcher l'air de sortir.

Elle a l'air,

ah,

incroyable comme une superstar. Ses cheveux sont brillants, ils tombent sur ses épaules, et elle sent la fraise. Elle nous a apporté un pot de glace napolitaine à partager. Elle nous la sert dans deux des bols jaunes. Les ongles de Marcia sont d'un rouge éclatant.

Grand-mère traîne autour de nous avec une étrange expression sur son visage et dit, « Plus tard, la glace. Marcia. Parle à l'enfant, maintenant. »

Maman m'emmène à l'étage dans ma chambre. Little Roo doit laisser Grand-mère lui donner son bain, parce que c'est presque l'heure du dîner. « C'est quoi un Golly ? » lui demande-t-il tandis qu'ils disparaissent dans la salle de bains.

Maman murmure,

Monte sur le lit, mon cœur. Elle a quelque chose à me dire.

Quelque chose d'important.

Je me dis,

Je n'aurais jamais dû penser ni dire ces choses au sujet de Maman.

On doit revenir vivre avec elle.

Peut-être qu'elle nous aime beaucoup beaucoup et qu'on ne le savait simplement pas.

Mon estomac est en train de se retourner ;

le vent en moi soupire et gronde autour de mes hanches, il veut désespérément s'échapper. Il y a des mites dans mon ventre. De jolies mites roses, qui s'assombrissent. Quand va-t-elle partir ? Bientôt ? J'espère que non. Marcia dit que je dois *écouter avec attention*

mais je n'ai pas encore atteint mon lit en hauteur que ça lui échappe.

« Ton père est mort », dit-elle.

« Pas Linford. Le vrai.

Insuffisance hépatique. Il a bu jusqu'à en mourir. »

Elle prend une cuillerée de glace dans mon bol.

« Je voulais tellement qu'il rencontre sa petite fille. Il t'aurait adorée. »

Elle mord la cuillère avec ses belles dents.

Tout ce qui me vient c’est,
La beauté rend tout supportable.

« Ce que tu n'as jamais eu ne peut pas te manquer »,

dit Grand-père par-dessus son bol de soupe.

Je mets de côté la lettre pour le Nigeria.

L'Incroyable Nigérian est mort. L'Incroyable Nigérian est mort.
L'Incroyable Nigérian est mort. L'Incroyable Nigérian est mort.
L'Incroyable Nigérian est mort. L'Incroyable Nigérian est mort.
L'Incroyable Nigérian est mort. L'Incroyable Nigérian est mort.
L'Incroyable Nigérian est mort. L'Incroyable Nigérian est mort.
L'Incroyable Nigérian est mort. L'Incroyable Nigérian est mort.
L'Incroyable Nigérian est mort. L'Incroyable Nigérian est mort.
L'Incroyable Nigérian est mort. L'Incroyable Nigérian est mort.
L'Incroyable Nigérian est mort. L'Incroyable Nigérian est mort.
L'Incroyable Nigérian est mort. L'Incroyable Nigérian est mort.
L'Incroyable Nigérian est mort. L'Incroyable Nigérian est mort.
L'Incroyable Nigérian est mort. L'Incroyable Nigérian est mort.
L'Incroyable Nigérian est mort. L'Incroyable Nigérian est mort.
L'Incroyable Nigérian est mort. L'Incroyable Nigérian est

un cauchemar absolu

Quelque chose de bizarre est sur moi. Rien ne va. Je me réveille et l'interrupteur ne fonctionne pas. C'est comme ça que je sais que Quelque Chose De Mauvais Est Là. La pièce est plongée dans le noir et d'une immobilité effrayante. Les rideaux sont d'une couleur différente. Ils ont une doublure rouge et semblent briller de l'intérieur. C'est comme ça que je sais que Quelque Chose Est Pire Que D'Habitude.

Je baisse les yeux sur mon petit corps qui fourmille. Rien ne va. Bizarrement je suis déjà habillée pour l'école et je vais peut-être être en retard, parce qu'il est déjà presque neuf heures. Mais il fait sombre dehors, je me dis. Mon uniforme aussi est rouge, rouge comme toujours, il fond, il s'infiltre dans le sol sous moi, et après nous sommes dans un cimetière. Les professeurs de l'école sont là, en train de pleurer, parce que Marcia était une femme très, très bien. Elle travaillait dur pour vous, disent-ils. Toutes ces gardes de nuit, font-ils en secouant la tête. Elle travaillait beaucoup trop dur. Et tout ce que vous saviez faire c'était être ingrats. C'est un jour gris, gris. Maman est partie. Samson me tient les épaules, il me dit qu'il doit retourner à l'armée.

Linford regarde de loin.
Nous nous tenons devant la tombe de ma mère.

Je me réveille ; les paupières lourdes,
la gorge irritée. Tout mon corps me fait mal.
Grand-mère prend ma température,
soupire
et je gagne le droit de rater l'école.

PLANS DE LITTLE ROO ET YRSA POUR QUE MAMAN NOUS REPRENNE À LA MAISON ASAP – ÇA VEUT DIRE LE PLUS VITE POSSIBLE

1. Faire en sorte que tout le monde soit aussi pauvre que nous. Allumer les veilleuses dans toutes les maisons de nos amis et de nos cousins pour que la facture d'électricité soit élevée et qu'ils soient pauvres comme nous parce que ce n'est pas juste qu'ils aient des mamans et pas nous.
2. TROUVER DE L'ARGENT. Voler le chandelier en verre qui pend dans le couloir de Tatie. Voler tous les cristaux du bas d'abord parce qu'ils sont minuscules et Tatie ne s'en rendra pas compte et les remplacer avec le plastique transparent qu'il y a autour des bonbons. Vendre les cristaux au marché pour que Maman n'ait plus à faire des gardes de nuit.
3. Être MALADE. Pour que Maman vienne avec nous chez le docteur.

8.9

Tout le monde est nerveux et excité parce que Samson est à la maison pour un court moment grâce à une permission de l'armée. Je n'ai pas vu mon frère depuis des siècles et pendant ce temps il a combattu en Bosnie, en Allemagne et en Irak. La dernière fois que je l'ai vu c'était dans le sud de l'Angleterre quand j'avais presque sept ans et on était arrivés trop tard pour le voir être décoré pour ses services au Queen's Lancashire Regiment. Tout ça parce que la voiture-épave de Linford était tombée en panne trois fois sur l'autoroute. Trop gênant.

Je cache mes nounours dans le placard et je range deux fois ma chambre, pour que Samson soit impressionné. Grand-mère dit que comme c'est une Occasion Spéciale, nous pouvons utiliser les dessous-de-table en dentelle blanche plutôt que ceux en plastique. Je porte ma plus jolie jupe en satin crème, que je garde habituellement pour les activités religieuses. Je me sens chic et majestueuse. Si j'avais de plus beaux cheveux, je pourrais être une princesse de couleur.

Samson arrive, tout sourire, avec une canette de Coca ouverte à partager entre Roo et moi. Samson a vingt-et-un ans maintenant et quand nous allons au marché de Chorley, ou faire des courses au supermarché, les filles gloussent et chuchotent sur son passage. Elles disent « Mon Dieu il est canon celui-là » ou « quel beau garçon noir » et je trouve ça très agaçant. Argh ! Il peut avoir tellement mieux qu'elles ! Il adore l'ananas, alors Grand-mère en met des morceaux dans le poulet épicé et elle fait des trifles maison à l'ananas.

J'ai écrit un poème pour lui à l'école

Avant de commencer ce poème
laissez-moi vous présenter
mon cher frère Samson
qui aime le jus d'ananas

Il a rejoint l'armée il y a cinq ans
il est très grand et fort
Et si vous pensez que c'est un lâche
vous avez complètement tort

Je l'aime beaucoup
il est beau et gentil
il aime toute la nourriture
surtout le riz

Mais comme tous les poèmes
celui-ci doit avoir une fin
quand j'ai besoin de lui (tout le temps)
il est plus qu'un simple copain.

Samson lit le poème et penche la tête une seconde. Puis il renifle et demande s'il peut le garder.

Tu es le cerveau de la famille, tu sais, fait-il en pliant le poème

et en le rangeant dans sa poche de chemise,

et je me dis que je pourrais mourirmourirmourir de fierté

Et toi gamin, dit-il, en se tournant vers Roo. *Tu es du talent pur.*

Moi aussi je veux être du talent pur.

Moi je n'ai pas un cerveau pour les poèmes ni un talent pur, ajoute Samson. Seulement du muscle et de la détermination. Et de la colère. Et je peux frapper les méchants,

hahahahaha.

Je sais que ce n'est pas vrai. Grand-mère garde ses vieux cahiers d'exercices et parfois je lis les histoires qu'il écrivait avec des dragons, des monstres et des héros flamboyants.

Mais là, Samson est surtout silencieux. Maman ne cesse de le dévisager et rayonne à chaque fois qu'il parle, mais lui ne la regarde pas beaucoup. Elle est très excitée cette semaine-là et elle est tout le temps là, à serrer tout le monde dans ses bras. J'aime ça, mais Samson n'est pas du genre tactile, je crois.

Nous allons tous chez Maman pour le week-end et quand Samson s'endort, un de ses longs bras serré autour de moi, je suis tellement heureuse que j'ose à peine respirer. Je fixe ses longs cils dans le noir.

Le samedi après-midi, il amène cette fille, Inessa, à la maison de Maman. Ils s'embrassent pendant des siècles dans la voiture de Maman (Little Roo et moi ne pouvons pas nous empêcher d'espionner) et ils couchent ensemble dans la pièce d'à côté et le lit fait des bruits à travers le mur et eux aussi. Ça me donne une drôle de sensation. Je crois que je n'aime pas cette fille. En tout cas, elle ne nous parle pas beaucoup. Je suis très heureuse quand elle part le dimanche matin et que nous avons Samson tout à nous de nouveau.

Le dimanche soir, nous sommes tous assis à la table du dîner chez Grand-mère. Nous venons juste de réciter les grâces et quand Samson relève soudain la tête. Il fixe notre mère et pose son couteau et sa fourchette propres sur le set de table devant lui.

Dis, Marcia. Tu te souviens d'avoir balancé une chaise sur moi quand j'avais cinq ans ? Je me demande, Marcia. Moi, j'ai jamais oublié.

Il y a un silence à table et puis, une fois que tout le monde a mangé, on nous dit à Roo et moi de trouver quelque chose à faire à l'étage. Nous pouvons entendre des voix monter d'en bas, mais les seuls mots qui nous parviennent sont « mauvaises manières », « comportement de caserne » et « montrer un peu de respect ». Nous tendons l'oreille pour savoir ce que dit Samson, mais nous n'entendons rien.

Quand Samson retourne à l'armée, tout est mort de nouveau. Je ne parle à personne pendant une semaine, même pas à l'école,

et je refuse de manger. Je vomis dans mes cornflakes et ma soupe et trois jours plus tard je dois aller chez le docteur.

Le docteur dit que je suis

bouleversée.

Grand-mère dit

arrête ton cinéma. Ton frère va revenir un jour. Il n'y a pas de quoi te rendre malade. Concentre-toi juste sur tes devoirs, tu m'entends ?

Je ne sais pas comment faire. Quelque chose brûle dans mon ventre

et ne passe pas.

9.1

Deux nouveaux garçons arrivent dans notre école. Arthendu et Sajib du Bangladesh.

Ils sont cousins et leur peau est presque de la même couleur que la mienne. C'est complètement merveilleux. Des amis, peut-être ?

Mais ils sont silencieux et ne se lient à personne d'autre parce qu'ils sont encore en train de s'habituer à l'Angleterre. Les professeurs disent qu'on doit leur donner le temps de *trouver leur place*. Leurs mères viennent parfois à l'école avec eux et donnent un coup de main pour le dîner de l'école et le cours d'arts plastiques.

Sajib et Yrsa devraient se marier, chantent mes amis.

Sajib et Yrsa devraient se marier.

Cher Sajib,
Avais-tu une petite amie
chez toi ? Je trouve que tu es beau
et que nous pouvons être des gens de couleur ensemble.
Mes amis disent que je devrais t'aimer. Et c'est le cas.
Beaucoup !
Essayons pour voir !

C'était la pire chose à faire au monde. Ces gens
m'avaient piégée.
Sur la table du dîner, mes grands-parents ont
abattu d'un coup sec la lettre foireuse que j'avais
perdu le courage d'envoyer
et que j'avais essayé de jeter.
« Tu aimes ce garçon, c'est ça ? Tu l'aimes ? »
hurlait Grand-père.
« Écoute-moi, et écoute-moi bien. Tu n'as pas
intérêt. Dans cette vie. De te jeter au cou d'un
garçon.
N'écris plus jamais un message comme ça… à qui
que ce soit !
Tu m'entends ? »
Grand-mère était plus douce, mais à peine.
« Si un garçon te voit et t'apprécie, il te le dira. Ne
va jamais. Dans cette vie. T'approcher des hommes.

Ce n'est pas mignon, ce n'est pas bien,
et tu n'en retireras rien.
Un homme décide ce qu'il veut et ensuite il le demande. C'est comme ça que ça se passe. »

La semaine suivante, mon prof de sport était en train de plaisanter avec moi
quand Grand-père est venu
me chercher.
« C'est une année bissextile, cette année ! » a-t-il dit avec un large sourire de professeur.
« Peut-être que cette fois les filles vont inviter les garçons à sortir, n'est-ce pas ? »
M. Tyrell était un Anglais blagueur
et il ne pouvait pas savoir que c'était un très mauvais moment pour dire ça
après le blizzard qui avait soufflé dans notre salon une semaine plus tôt.
Je n'ai rien répondu. Grand-père encore moins.

9.5

Ce n'était pas juste. Maman disait toujours qu'on pouvait rien acheter. À part un livre. Ou quelque chose qui avait à voir avec l'école. Maman disait toujours, « Je fais tout toute seule. Soyez compréhensifs. Je dois donner de l'argent à Grand-mère pour payer des choses, alors MONTREZ-MOI UN PEU DE RESPECT. »

Marcia était stressée aussi par tout le temps que nous passions à l'hôpital à cette époque. Sur les radios on voyait que mes os poussaient trop vite pour mes muscles, et je devais porter d'horribles genouillères. Mes genoux et mes tibias me faisaient mal après avoir grimpé la colline jusqu'à l'école et pour rentrer à la maison. Même avec des genoux douloureux, la perspective de la Journée de Sport de l'École Primaire m'avait excitée pendant des semaines. Mais le jour même, il avait plu, et il avait fallu reporter. Cependant, personne n'avait prévenu les parents. À une heure, un petit nombre de parents étaient réunis sous la pluie et j'ai vu ma mère, seule, dans un coin. De la classe, j'ai regardé notre professeur principal courir dehors avec son parapluie pour avertir tout le monde que la Journée était annulée. Quelle terrible perte de temps.

Maman avait l'air tellement fatiguée. Elle était en plein milieu de deux semaines et demie de gardes de nuit à l'hôpital de Chorley en semaine et à l'hôpital de Manchester les week-ends. Elle ne m'a pas vue la regarder se diriger doucement jusqu'à la voiture garée sur l'herbe. Son ensemble rose était à l'envers. J'ai prié Dieu que personne ne s'en aperçoive. Elle est passée près de la fenêtre de ma classe mais je n'ai pas fait signe. J'ai senti une vague de pitié et de tristesse. Elle s'était traînée jusqu'à l'école pour rien.

Mes meilleures amies étaient Ellen et Annika, deux sœurs avec un an de différence. De temps en temps, Grand-mère m'autorisait à aller chez elles pour le thé, maintenant que j'avais presque dix ans. Leur maison était grande et lumineuse et elles avaient un ordinateur Packard Bell dans leur bureau et du papier peint rose dans la grande chambre qu'elles partageaient, avec des baldaquins assortis au-dessus de leurs lits.

Au dîner, nous avions des pâtes alphabet et des toasts au fromage au lieu des trucs affreux – comme des ignames et du riz et du bœuf – que je devais manger à la maison.

Un soir, au dîner, la mère d'Ellen et Annika a posé une main couverte de bijoux sur la mienne, juste là à table, et elle s'est penchée vers moi, le front plissé.

Chouchou, peut-être qu'en cours de sport tu préférerais te changer dans les toilettes des filles, ou peut-être que tu aimerais garder ta veste, a-t-elle murmuré d'une voix basse et conspiratrice.

Comme tu es un peu plus développée que les autres,

a-t-elle précisé

avec un drôle de sourire. Veux-tu que j'en parle à ton professeur ?

C'était tellement gênant. J'avais envie de mourir, juste là à la table. Tous les adultes disaient toujours des choses horribles en souriant. Je rêvais de petitesse ; d'être menue. D'avoir de petites mains et de petits pieds et pas de douleurs de croissance ; pas de rêves de lion en colère et surtout pas de seins. Le jour de mes huit ans, j'avais fait le vœu de toutes mes forces de ressembler à tout le monde et j'avais déjà neuf ans et il ne se passait toujours rien. J'ai senti mes yeux se remplir de larmes et je me suis retenue de pleurer. J'ai jeté un œil par-dessus la table à Ellen et Annika, qui n'avaient rien entendu, et qui étaient occupées à se tripoter les cheveux. Juste à la table du dîner.

Grand-père et Grand-mère n'auraient jamais toléré ça, même une minute. Ce soir-là, le soleil illuminait leurs queues de cheval blondes qui ressemblaient à de l'or filé.

La nuit, j'ai rêvé que j'avais une grande maison pleine de soleil avec un ordinateur et des murs roses.

Maman était toujours ma maman, bien sûr, mais mon père était un homme blanc et il me disait que j'étais la plus jolie fille du monde.

9.6

Notre médecin de famille m'examine.

« Je ne sais pas vraiment de quoi il s'agit, docteur », dit Grand-mère,

« mais de temps en temps elle en reparle, encore et encore. Ça m'inquiète. »

Dr Melling a les mains les plus douces et les plus blanches que vous ayez jamais vues, et son bureau est plein à craquer de jouets. Une théière jaune remplie de petites figurines, un Rubik's Cube, des casse-tête. Il doit être un père merveilleux, je me dis. Je sens mon estomac faire des trucs bizarres.

« Qu'est-ce que tu veux dire quand tu dis que tu *ne te sens pas réelle* ? Essaie de le formuler autrement pour que je comprenne », dit-il avec un gentil rire.

Mais il n'y a pas de mot pour décrire la sensation de disparaître et d'être là en même temps.

Je veux qu'il remette ses mains sur ma tête, comme si j'étais sa fille, et je ne sais pas pourquoi. Je dois me concentrer. Grand-mère fronce les sourcils dans ma direction.

« Est-ce que c'est vrai que tu vois des motifs ? » dit-il. « Des dessins animés ? Des lumières vacillantes aussi, tu dis, comme de la neige ? »

« Seulement la nuit », je dis,
« seulement la nuit. »
« Et tes genoux te font encore mal après être rentrée de l'école ? »
« Oui, beaucoup. »
Le Dr Melling me prescrit quelques antidouleurs.
« Et tu as toujours mal au ventre le samedi avant d'aller à l'église ? »
« Répond, enfant », dit Grand-mère, soudain irritée.
« Oui, j'ai mal au ventre. »
Le Dr Melling me prescrit un laxatif.

Ça ne marche pas vraiment ; rien ne marche. Je me sens extrêmement nerveuse quand nous nous arrêtons tous les samedis devant le bâtiment de l'église pour nous rendre à l'école du Sabbath. Les filles de mon âge se moquent de mes vêtements et me demandent pourquoi mes cheveux sont si moches. Elles me disent que mes chaussures ont l'air vieilles et que le nœud dans mes cheveux est un truc de bébé. Elles me demandent si l'odeur d'humidité dans la pièce vient de moi. Ça se pourrait.

Leur cheffe, Alyssa, me fait redouter les samedis. C'est de loin le jour le plus long de la semaine. Quand j'entre dans une pièce, elles arrêtent de parler et me fixent. Je suis surprise, parce que je leur ressemble, alors pourquoi suis-je plus seule ici qu'à l'école ? Et puis ce n'est pas chrétien d'être méchant envers quelqu'un et de le mettre mal à l'aise. Certains samedis, elles s'asseyent un rang derrière moi, elles parlent, ricanent et me montrent du doigt. « On t'aime pas », disent-elles. « Tes vêtements sont trop tristes et t'as l'air de sortir d'un buisson. Tes cheveux ont besoin d'être lissés ou d'avoir des extensions ou un truc comme ça. »

« T'as pas de fer à repasser à la maison ? »

« Pourquoi tu vis avec tes grands-parents ? T'as pas de papa ni de maman ? »

« Est-ce que c'est ta grand-mère qui te fabrique tes habits ? On dirait. »

« Pourquoi toi et ton frère vous marchez bizarrement ? »

Je m'assieds toute seule et je fais semblant de ne pas entendre et je parle aux vieilles personnes qui me disent toujours de garder le sourire.

Les semaines passent, pourtant, comme les semaines le font. On peut toujours compter sur le temps.

J'apprends aussi ce que je ne dois pas ressentir.

un week-end chez Maman

Nous avons le droit de rater l'église le jour de l'anniversaire de Maman parce qu'elle dit que nous devons passer plus de temps ensemble.

Maman, Little Roo et moi sommes tellement heureux de nous retrouver que nous nous allongeons pour voir des films Disney, en nous regardant les uns les autres et en touchant nos mains, nos nez et nos cils. Maman peigne mes cheveux et huile mon crâne avec du Dax Wax vert. Ça fait mal mais il faut serrer les dents. Il faut penser à autre chose. Ou avaler un antidouleur et en prendre un deuxième pour être bien sûre. C'est ce que je fais pour la douleur au genou. J'aime mes médicaments. Ils sont minuscules et sucrés, comme des bonbons à la menthe, et ils pétillent un peu sur la langue. Maman nous dit à quel point elle aime nous avoir à la maison. Ses yeux brillent. Je serre Little Roo devant moi. Je peux faire le tour de son corps avec mes bras. Nous buvons du cream soda (TROP BIEN !) et nous mangeons des saucisses et des frites au déjeuner,

même si les saucisses c'est mal

(parce que dans la Bible, un jour tous les cochons ont été possédés par des démons et se sont noyés). Si on est un chrétien qui craint Dieu on ne peut pas du tout manger de porc dégoûtant

mais la saucisse a un goût incroyable, sucré et juteux. Je les avale rapidement et je promets à Dieu que je ne pécherai plus jamais. Nous voulons rester là pour toujours. Maman nous laisse même manger des bonbons avant le dîner

mais

il y a du rouge dans le paysage.
Linford vient nous rendre visite.

Je suis en train de boire un thé chaud quand Linford entre dans la maison, juste comme ça. Nous ne l'avons pas vu depuis que nous lui avons dit ce que nous savions. Maman nous regarde nerveusement.

« Vous manquez à Linford », dit-elle. « Venez, on va aller manger chinois. »

Je commence à avoir chaud
et à ressentir le mauvais genre de picotement.
Linford hoche la tête dans notre direction
mais ne sourit pas. « Mettez vos manteaux, les
gosses », il grogne.

notre jour de sortie

Maman a dû gagner au bingo parce qu'elle rentre
avec du McDo
elle sent un peu la fumée
mais personne ne s'en soucie vraiment
on dirait vraiment des vacances
les meilleures vacances
elle nous laisse rester debout tard. Elle a obtenu
deux jours de congé.
Elle sourit à Linford/Demi-Papa
elle me sourit
notre demi-papa nous sourit et nous ressemblons à
une famille
Maman se sent bien et nous aussi.
Elle nous demande où nous voulons aller le
lendemain
et nous choisissons la Blackpool Pleasure Beach le
meilleur endroit du monde pour la barbe à papa
rose et bleue et le popcorn ramolli.
Notre demi-papa est encore de mauvaise humeur
mais Maman dit ignorez-le courez amusez-vous
mais ne vous perdez pas
et ne parlez pas aux étrangers
à moins qu'ils nous ressemblent
haha
Elle rit de sa blague, elle est fatiguée mais amusée

elle porte tous les sacs, il lui faut de nouvelles chaussures
elle sourit à notre demi-papa
et Linford détourne le regard
et j'espère juste vraiment qu'elle passe une bonne journée.

10.0

Depuis que Linford est apparu à notre fenêtre sur une échelle,

depuis la nuit où notre licorne est venue et repartie,

il se passe quelque chose avec mon frère et les rideaux la nuit. Il ne lit plus les étoiles,

plus du tout,

et il a perdu tout intérêt pour la lune et ses cycles. Il ne veut même pas s'approcher d'une fenêtre, sans même parler de jeter un œil au travers. Ni Grand-mère ni Grand-père n'ont remarqué, mais à une certaine heure autour du coucher du soleil, je vois quelque chose s'abattre sur Little Roo,

une sorte de tremblement intérieur, quand son visage semble se recroqueviller face à la lumière qui s'adoucit.

Quelque chose se produit aussi avec la façon dont je me sens face aux miroirs, exactement à la même heure. Je sais à quoi je ressemble, j'ai entendu des choses. Les adultes disent *jolie*. Je n'arrive pas à comprendre ça. Mon reflet m'apparaît comme des lignes et des cercles que je ne peux pas comprendre. De grands yeux et trop de membres et de l'épaisseur et une peau noire noire et il y a plusieurs contradictions dans l'obscurité. Je ne regarde pas le miroir parce que j'ai peur de plusieurs choses. Je dors dans la grande chambre de derrière avec le papier peint grumeleux et le plafond en aggloméré. Je sais que je suis trop vieille pour avoir peur des miroirs la nuit, mais le pays des miroirs est imprévisible, dans le meilleur des cas. Peut-être que le reflet du jour pourrait tarder à revenir et qu'en son absence je pourrais voir la chose à sa place, celle qui me rend mon regard.

Oui, il faut se méfier du pays des miroirs. Tout ce qui sépare les deux mondes est une fine vitre, et ce n'est pas rassurant. Qui sait où l'un finit et l'autre commence ? Le verre n'empêche pas l'obscurité de rentrer. Demandez à Little Roo.

Pire – peut-être que c'est moi le danger. Peut-être que la forme noire dans l'obscurité, c'est moi-même.

preuve 1
(le miroir)

La fille est peut-être trop jeune pour ça. Elle se tient, grande pour son âge, devant la grande fenêtre de la pièce avec l'aggloméré et le papier peint grumeleux.

La fenêtre surplombe le jardin de ses grands-parents avec le carré de choux et les navets

et l'abri de Grand-père

et le jardin du voisin d'à côté avec la serre.

Les voisins sont dans le jardin, ils boivent des tasses de café noir.

Elle incline son corps nu de telle façon qu'ils pourraient voir…

s'ils arrêtaient de parler et
levaient les yeux à cet instant précis
si l'un d'eux levait juste les yeux
si…

sa respiration change
elle la sent chaude, qui gronde
qui grandit sous son ventre
jusqu'à ses orteils
ses jambes commencent à trembler
et
voilà

elle frissonne
pose deux mains sur la vitre fraîche. Ses orteils s'accrochent au tapis.
Le miroir voit tout, n'en perd pas une miette.

preuve 2
(la fenêtre)

Un petit garçon est assis sur le sol,
en train de jouer avec ses petites voitures,
lorsqu'il sent sa gorge se serrer. Il réalise que la pièce s'obscurcit. Sa poitrine est lourde, anxieuse. La Nuit, comprend-il, est un moment sauvage, très sauvage. Il sait qu'il doit être fort parce que c'est un garçon. Grand-père le tuerait s'il savait qu'il a peur… d'une fenêtre ? C'est ridicule.

Allez. Il faut être fort.

Ils ont cette chanson à l'église à propos de Daniel dans la Bible, et de combien il était courageux. Comment il s'est tenu devant la caverne du lion et rien ne lui est arrivé, grâce au COURAGE et à la DÉTERMINATION.

Ose être un Daniel, dit la chanson.

Ose être un Daniel.

Et tous les hommes se lèvent en chantant, en tapotant avec enthousiasme les petits garçons dans le dos. Mais Daniel vivait au temps jadis, avant qu'il y ait des hommes armés et des tanks et des tueurs en série au journal télé. En plus
il y a la chose que sa sœur lui a dit un jour,
cette chose qu'elle a dit qui pouvait
allait
allait *sûrement* arriver

si/quand il était méchant. Cette pensée dont il ne peut apparemment jamais se débarrasser.

« Si tu te comportes mal…
seulement SI tu te comportes mal,
le mur derrière ta tête de lit s'ouvre pendant que tu dors
et tu plonges dans le mur sur un truc de tapis roulant (ton lit et tout)
vers les enfers,
jusqu'en enfer, où il y a le diable lui-même et des lutins, des gobelins et des choses hurlantes, trop horribles pour qu'on les imagine.
Tu seras brûlé vif
pendant que les gobelins rient et jouent au loin. »
Si tout ça est vrai, pense-t-il,
et ça l'est sûrement
parce que c'est sa grande sœur qui le lui a dit et sa grande sœur ne mentirait jamais,
donc
si la Bible et ces horribles histoires sont vraies… on ne peut pas prendre le risque avec les fenêtres. Qui sait ce qu'on pourrait trouver en train d'escalader la façade
pour venir te surprendre tout tremblant, plus petit que jamais ? Que tu sois dans un immeuble ou un sous-sol, il faudrait être idiot pour regarder. Qui sait ce qui pourrait être tapi là ? Des serpents au sol
ou le diable sur une échelle.

rose/jaune

Au départ, ça ressemblait à un rêve.
Little Roo et moi étions dans la salle de bains rose rose de Grand-mère
C'était un vendredi soir/samedi matin,
un jour saint. Le Sabbath.
Il tenait dans ses bras son drap de lit, terrorisé. Il avait encore eu un accident.
Ça arrivait toutes les nuits, sans exception. « Je ne veux pas être battu », sanglotait-il.
Ça rendait Grand-père et Grand-mère fous de rage et chaque fois que ça arrivait ils disaient qu'ils allaient l'assommer de coups
mais il ne pouvait pas arrêter.
Il était tôt le matin et ils dormaient encore.
Nous étions terrorisés, et nous avions raison de l'être.
Nous avons pris l'eau salée et le désinfectant
et épongé la pisse du drap en plastique.
Mais Grand-mère s'est réveillée
Grand-mère s'est levée
Grand-mère a traversé le couloir
et a dit, « Ne fermez pas cette porte à clé, vous m'entendez ? Qu'est-ce que vous êtes en train de faire ? »
« Rien », nous avons répondu, en jetant l'alèse dans le panier à linge.

« Rien », nous avons répondu en fourrant un drap sous le tapis, paniqués. Les petites mains de Roo étaient moites.
J'ai ouvert la porte. À ce moment-là, l'alèse était cachée,
hors de vue ;
le drap mouillé avait été envoyé dans la Quatrième Dimension. La salle de bains était toujours très, très rose.
Est-ce qu'on était en train de rêver ? Non.
« J'espère bien que vous ne faites rien », a menacé la silhouette de Grand-mère dans l'encadrement de la porte.

10.1

La beauté fait rester les gens, pensais-je. La beauté pousse les gens à écouter. La beauté fait tomber les gens amoureux et les rend patauds. C'était dans toutes les chansons et dans les films Disney. C'était même dans la Bible. Le Chant de Salomon, mon livre préféré de la Bible jusque-là, ne parlait que de beauté et d'amants et d'amour. J'avais tellement hâte que ma vie change et que je sois davantage au goût des autres. Les garçons de l'école avaient fait une liste des filles les plus belles de la classe de 1 à 15. Je n'étais pas dedans, mais c'est parce qu'ils s'étaient tous mis d'accord sur le fait que je n'en avais pas besoin

parce que j'étais plutôt la Cool Copine Noire,
pas une petite amie potentielle, tu comprends,
mais une Cool Amie Fille Noire
avec des cheveux mousseux qui étaient grave cool.

Ça faisait déjà deux années que je priais pour devenir belle, mais sans vrai succès, sans résultats concrets. Seuls les adultes parvenaient à me voir jolie, alors j'ai mis un plan au point. Après tout, il y avait beaucoup de choses que je pouvais faire pour arranger la situation.

Plan numéro un. Demander du défrisant à Grand-mère. Ou une permanente. Les filles blanches utilisaient Pantene Pro-V pour leurs cheveux. Il fallait que je m'en procure et que je le mélange avec notre horrible shampoing pour que mes cheveux deviennent plus lisses, plus brillants, PLUS LONGS.

Plan numéro deux. Faire des exercices tous les jours à partir du livre de yoga de Grand-mère et NE PAS TROP MANGER.

Ce qui signifiait PAS DE CHIPS, PAS DE DESSERTS,

seulement LES BISCUITS CONTRE LE DIABÈTE DE GRAND-PÈRE quand il veut bien les partager.

Acheter les magazines *Sugar* et *Bliss* pour apprendre des trucs sur comment attirer les garçons.

Utiliser le gel de Maman qui fait briller les cheveux. Look de rêve/idole :

Kelly Kapowski dans *Sauvés par le gong*
ou
Pamela Anderson
ou une des jumelles de la Sweet Valley High.

Seul un nombre minuscule de gens entreront dans le royaume de Dieu, dit la Bible. Seule une petite section sera sauvée des flammes de la damnation ; c'est-à-dire, ceux qui prennent le chemin étroit et travaillent dur et adorent Dieu et sont travailleurs et modestes. Les Enfants du Seigneur qui font tout bien. Chaque fois que nous nous mettions à genoux à l'église pour prier, je commençais à pleurer, parce que je n'étais pas sûre d'atteindre le paradis. La Bible disait que nous venons au monde en tant que pécheurs. Peut-être que je n'étais simplement pas une assez bonne personne pour changer complètement. Je voulais avoir de longs cheveux brillants et lire des magazines pour filles et porter du gloss rose et des jupes courtes et être complètement adorée et désirée et aimée ; j'étais sûre que ça, ce serait le paradis.

vie sauvage

je suis en train de bouger lentement, avec
détermination,
sous ma Super Meilleure Amie. Voyez-vous, nous
nous « entraînons pour les garçons ». Une tâche
importante et nécessaire. Nous appelons ce truc
sexuel « serpents et éléphants »,
pour que personne ne comprenne quand nous
y faisons allusion à l'école. Les noms de code,
c'est la base.
Cette amie est parfois méchante avec moi, à l'école.
Mais pas quand nous sommes au lit. Jamais au lit.
À la fin,
après que nous avons agi exactement comme des
fleurs sauvages
à tête de pâquerettes,
après que nous nous sommes frottées l'une contre
l'autre dans le vent,
que nous avons été en quelque sorte comme des
pissenlits dérivant
des tulipes d'été
des boutons d'or
nous repartons, une fois que nos pétales intérieurs
sont ramollis
nous descendons l'escalier. Je sens son odeur
à plein nez. C'est une fille menue et elle nage

complètement dans mon tee-shirt. J'ai encore mal au ventre de désir.
Elle est sur ma peau. Je veux plus,
tellement plus,
mais c'est l'heure du dîner,
c-à-d, nous avons été appelées à table.
Nous nous asseyons devant du riz et du poulet
et je pense que vraiment, vraiment il se peut que je sois amoureuse,
c-à-d, pas en train de « m'entraîner pour les garçons »,
pas vraiment, pas du tout.
Grand-père et Grand-mère ne savent rien, bien sûr. Ils parlent au-dessus de nos têtes de comment la fille de dix-huit ans de quelqu'un à l'église est enceinte et n'est même pas mariée !
Cette chose que nous avons faite, ma Super Meilleure Amie et moi, ça semble bien ; ça donne l'impression d'être libre. Comme si la vie pouvait être complètement neuve.
Je me sens moi-même, plus forte. Comme une moi combattante. Comme si je pouvais affronter une armée. Forte comme Samson.
Fringante like Samson. Je voudrais être Samson.
Pas de seins, juste forte et royale et noire.
Un soldat distant. Un merveilleux mirage. Quelque chose que toutes les filles aiment.

La nouvelle nous est tombée dessus. Linford vivait avec Tatie Lizette. La meilleure amie de Maman.

Linford est parti et s'est installé avec Tatie Lizette. La meilleure amie de Maman.

Linford et Tatie Lizette alias la Meilleure Amie de Maman. Tatie Lizette ? Linford ? On en est restés bouche bée.

Tatie Lizette était de couleur et potelée avec une permanente ondulée et soyeuse et du rouge à lèvres couleur prune glacée.

Tatie Lizette et Maman arrêtèrent de se parler, sauf quand elles se croisaient dans la rue ou au carnaval ou autre. Dans ce cas, elles se saluaient silencieusement, en continuant de marcher. On nous avait dit d'être quand même polis avec elle si nous la rencontrions par hasard, parce que les enfants devaient être respectueux tout le temps, sans exception.

« Laissez-les faire leur truc », disait Maman en détournant la tête et sirotant son thé au brandy.

« Je ne l'ai pas vu venir, mais laissons-les faire.

Et méfiez-vous de vos amis, d'accord ? Ce sont eux qui vous tuent, à la fin. »

tout le reste

Les vœux se réalisent, après tout. J'avais onze ans quand Little Roo et moi avons pu retourner vivre avec Maman. Elle avait déménagé dans le coin et vivait à quinze minutes à pied de chez Grand-mère, de l'autre côté du cimetière et juste à côté de mon lycée. Être de retour auprès de Maman était un grand soulagement. Nous avons enfin pu respirer. Et nous l'avons fait.

Maman avait un micro-onde et les chaînes du câble, du chocolat dans le placard, des tartes Bakewell, des tartes aux pommes toutes faites et une bouilloire électrique en plastique qui ne sifflait pas

(arrivés à ce stade, nous étions plus qu'excédés de ce sifflement). Tout était en plastique et moderne et nous pouvions préparer nos délicieux repas en quelques minutes. Les murs n'étaient pas décorés d'images de Jésus et il n'y avait pas de vitrines remplies de porcelaine, même si elle laissait les housses en plastique sur les chaises, comme tous les Jamaïcains que nous connaissions. Elle travaillait toujours de nuit à l'hôpital de Manchester et revenait à la maison à huit heures le matin, exténuée. Dans la journée, Maman essayait de rattraper son manque de sommeil pendant que nous étions à l'école. Nous la voyions entre six heures et sept heures du soir environ, quand elle se préparait pour une énième garde de nuit. Elle faisait de son mieux.

Maman n'aimait pas jeter les livres reader's digest stéthoscopes scotch vieux machins du lycée morceaux de papier tachés pièces de monopoly faux billets photographies stylos qui n'écrivaient pas carte de bingo bouteilles de parfums vieilles plantes nourriture sauce tomate en sachet moutarde au cas où rince-doigts du kfc vieilles cartes de crédit clefs pour des boîtes oubliées depuis longtemps tissu taché de thé nécessaire de couture pansements bandages de 1984 vieux gants chirurgicaux pilules dont nous ne connaissions pas le nom antidouleurs antiinflammatoires antihistaminiques vitamines capsules huile de foie de morue boîte à biscuits pleines de rouille argent en plastique boîtes balles anti-stress coquillages de la plage de Blackpool boulons vis recettes griffonnées sur vieux magazines lettres de Jamaïque timbres photos de Samson et nous ne savions pas bien tenir notre maison. Tout était en désordre. Les toiles d'araignée poussaient dans les coins du plafond et la crasse s'accumulait sur les plinthes et les poignées de porte. De mauvaises herbes dépassaient des rebords des fenêtres.
De la moisissure se développait dans les tasses et sur les vieux vêtements au sol. Le jardin était une décharge.

Nous mangions des plats tout faits à même la boîte, du riz et du poulet et des biscuits apéritifs, à moins que Grand-mère n'envoie du poisson et du poulet, des macaronis au fromage ou du riz et des haricots rouges dans des Tupperwares.

Nous n'étions pas enclins au ménage, malgré la méticuleuse attention au détail qui nous avait été enseignée. Surtout après ça. Chez Grand-mère, nous essuyer le visage sur la serviette à main nous aurait valu une gifle. Chez Maman, Little Roo et moi pouvions faire tout ce que nous voulions. Et nous l'avons fait.

Grand-père et Grand-mère se lamentaient de l'état de l'endroit,

mais c'était hors de leur contrôle.

Le soir j'étais chargée de mettre Little Roo au lit à sept heures quarante-cinq et d'aller me coucher à une heure qui me semble raisonnable. Il fallut un peu de temps pour m'installer dans ce nouveau mode de vie : la liberté. Mis à part les journaux médicaux, les étagères de Maman étaient pleines de romans d'amour Mills & Boon et de brochures sur le sexe.

Splendeur du sexe,

Sexpérances (une histoire d'amour lubrique)

et un *Kama Sutra* illustré. Mon image préférée s'appelait « La Seule Façon D'Être Ensemble Pour Les Femmes ». Je cornais la page et fourrais le livre sous mon oreiller tous les soirs.

Roo aussi lisait tout ce qu'il pouvait trouver. Il feuilletait les journaux médicaux comme un petit professeur et il a appris la plupart des chants d'église à l'oreille. Il pouvait imiter toutes les voix des personnages de dessins animés et il se fatiguait les yeux en s'asseyant trop près de la télé jusqu'à ce qu'il ait besoin de porter des lunettes. Nous mémorisions les mots de tout ce que nous regardions et lisions et nous fabriquions des livres d'images colorés avec du papier déchiré, des feutres

et les vieilles bandes dessinées de Samson
datant des années quatre-vingt. Nous avions une émission de radio que nous enregistrions sur mon magnétophone et nous nous imaginions devenir célèbres et vivre dans une maison avec tous les jeux vidéo, les bonbons et les livres du monde.

la physique et la magie

Tous les soirs à dix heures ils passent des rediffusions de cette vieille série appelée *Code Quantum*. L'histoire, c'est Scott Bakula alias Dr Sam Beckett qui voyage dans le temps et l'espace en seulement quelques secondes. Maman a un livre de magie dans son salon, coincé en sandwich entre la Bible et le *Kama Sutra* non illustré. Un grand livre bleu pastel de l'École du Pouvoir Divin qui parle de « sauter les lignes du temps », en citant différents scientifiques qui disent qu'avec des activations positives on peut sauter dans n'importe quelle réalité.

Il vous suffit d'imaginer que ce sont toutes vos vies, dit le livre, et qu'elles se déroulent en parallèle, et que vous pouvez choisir votre fréquence.

Ce qui veut dire que les dimensions sont très, très réelles.

Ce qui veut dire que Roo et moi avons vraiment vu une licorne l'année dernière.

Ce qui veut dire que nous ne rêvions absolument PAS.

Donc la beauté va venir. L'argent va venir. Les pères vont venir. *Le livre* dit que le temps est une illusion, un concept flexible. Irréel. Donc peut-être qu'au moment où vous lisez ceci j'ai déjà vingt-neuf ans ou cinquante ans ou quoi, ou deux ans, et je suis encore en train de faire la lecture sur le plan de travail avec Maman. Je suis aussi ici de façon tout à fait indiscutable et vous aussi – sauf que nous ne sommes pas là. Nous sommes partout où nous voulons être

et si ce bel acteur Scott Bakula peut voyager dans le temps, et réduire à néant les anciennes lignes du temps en quelques secondes, je parie que nous pourrions même voyager en diagonale. Je peux voir mon père, ou quelque chose comme ça, et l'empêcher de retourner au Nigeria (même si je ne voudrais pas priver ma sœur et mes frères de sa présence).

Peut-être qu'il pourrait voyager dans le temps dans les deux sens à la fois et ils ne se rendront pas compte de son absence !

Maman dit que je confonds les concepts et que je ne devrais pas trop penser à ça et aussi de ne pas mélanger l'acteur Scott Bakula avec son personnage, Sam, mais elle est toujours fatiguée et n'est pas une très bonne interlocutrice. Pour moi, *Code Quantum* est la meilleure série. Scott alias Sam voyage dans le temps et l'espace parce qu'il a accidentellement mis le pied dans un vortex temporel ou un placard ou un truc comme ça alors qu'il n'était pas prêt. J'ai de la peine pour lui. Dès qu'il commence à trouver ses marques, il est balancé par un nouveau concours de mauvaises circonstances dans un espace-temps différent et il doit compter sur son ami Al pour le guider et empêcher une catastrophe historique de se produire,

ce qui me rend très, très heureuse avant d'aller me coucher. J'ai déjà traversé différentes époques, je pense. Le temps est une illusion, disent les

scientifiques. C'est moléculaire, c'est pliable ou liquide, c'est du métal soudé ;
ou c'est des gouttelettes de mémoire. J'imagine que ça ressemble à du mercure, argenté et illusoire.

Le livre bleu pastel est incroyable. J'adore la science magique. Le livre porte un regard critique sur l'Occident et sa conception douteuse et limitée du temps. Brûlez toutes les horloges. Je suis libre. Mes amis peuvent venir me chercher la nuit et il n'y a plus d'église les samedis et Linford est allé se faire voir ailleurs. Ma Super Meilleure Amie n'est plus qu'une goutte de mémoire, elle aussi. Notre histoire s'est totalement effondrée. Elle essaie de répandre des rumeurs à mon sujet depuis une autre école, à des kilomètres, en me traitant de lesbienne. Je m'en fiche. Si Scott Bakula alias Sam peut débarquer depuis le futur dans une boîte de nuit des années soixante puis devenir shérif dans une petite ville dans les années quarante puis apprendre le moonwalk à Michael Jackson, je dois pouvoir gérer un méchant poids mort qui disparaît de ma vie. Il y a toujours de nouvelles personnes à toucher et par qui être touchée. Je viens juste d'entrer au lycée, bon sang, là où la vraie vie commence, et je suis beaucoup trop excitée en ce moment pour que ma Super Meilleure Amie me manque, ou qui que ce soit. C'est exactement comme dit Maman. Méfie-toi des amis. De toute façon, j'ai des choses plus importantes sur lesquelles me concentrer, comme Grandir. Le lycée sera tout. Je suis poreuse, je suis audacieuse. Je suis une experte des voyages spatio-temporels.

J'ai presque douze ans, vous savez (en théorie ;
dans votre concept temporal linéaire occidental
en tout cas)
et c'est comme ça que ça se passe.

DEUX

12.0

C'est comme ça que ça se passe.
Tu commences à avoir des jours tristes. Tu commences à comprendre ce que « sombrer » veut dire.
Sombrer c'est quand tout
semble gris foncé. Tu as désespérément envie de quelque chose
Mais tu ne sais pas quoi. Les garçons du lycée sont puérils, petits et grossiers. Les filles de l'école flirtent avec les garçons de l'école.

Samson se marie. Toute la famille descend dans le sud pour assister au mariage qui se tient un dimanche. Il épouse une jolie fille des environs de Londres. Elle a beaucoup de tatouages et elle est jolie et tout
mais pendant la cérémonie tu ne peux pas arrêter de pleurer. On dirait trop que c'est la fin de tout.

« Tu es imprévisible, » dit ta mère, souvent.
« Qu'est-ce qui ne va pas avec toi ? Qu'est-ce que c'est que ces humeurs sombres ? »

Tu sens la température de ton corps qui dégringole
tu te sens fatiguée tout le temps

tu transpires trop
tu arrêtes de te laver. Tu lis *La Joie du Sexe*
l'homme ressemble au
Christ mais tu ignores Jésus ces jours-là
tu veux aimer ces jours
tu imagines à quoi peut ressembler le sexe
et tu sais que tu dois le découvrir.
Donc tu ne peux pas quitter la terre si tôt.

13.0

Un jour
deux ouvriers du bâtiment te sifflent dans la rue.
Oi, sexy !
Salut, canon !
C'est une sensation que tu
n'as jamais eue avant
quelque chose de piquant et d'éblouissant.
Le pouvoir. La peur.

13.2

se sentir grosse
se sentir grosse
arrêter de se laver
se sentir

Little Roo dit,
« Je te trouve pas grosse. »
Tu soupires et tu te détestes
dans le miroir.

13.9
ou
comment ça commence

Le papa de ton amie aime
plaisanter sur tes longues jambes
il te demande pourquoi tu n'es pas déjà top model.
Il te dit qu'il est sûr que tu iras loin si tu essaies.
Tu aimes ce que tu vois dans ses yeux quand
il dit ça.

14.0

Le père de ton amie te regarde
Le père de ton amie t'apprécie. Le père de ton
amie dit
Écoute… Je ne peux pas te laisser rentrer à pied
toute seule à cette heure. Mets ton vélo à l'arrière
de ma voiture et je
vais te déposer. Il y a du musc dans sa voix. Juste
comme ça, quelque chose se déplace
et tu sais quelque chose
et il sait quelque chose
mais personne n'est sûr de rien. Tu as quelque
chose à échanger
et tu ne t'en veux pas. Tu rends son sourire au père
de ton amie dans le rétroviseur intérieur
tu soutiens son regard, aussi intimidant que ça
soit. Tu le laisses te ramener chez toi (encore)
et tu le laisses dire (encore) que tu as des jambes
sans fin
– tu remarques qu'il met vingt minutes à te
conduire à la maison
alors que tu vis à dix minutes

tu te sens à l'aise avec ça
tu sais qu'il recherche ta compagnie.
Jouer du pouvoirpeur. Tu fais semblant d'avoir laissé tomber ton sac et tu t'étires sur le siège arrière comme un chat
tu souris de son trouble dans l'obscurité
et puis tu dis « merci » et tu files en vitesse
dès qu'il s'arrête devant ta porte d'entrée, avant qu'il n'ait le temps de dire ou de penser quoi que ce soit. Avant qu'il n'ait un *souci*. Tu te sens bizarre quand tu entres dans la maison. Et soulagée. Le mauvais genre de picotement.
Tu trouves une excuse la fois suivante où il veut te reconduire à la maison. Avec un corps noir aussi rebondi
et une bouche mouillée, mouillée
peut-être
que n'importe quel père peut être à toi. C'est toi le danger.

14.2

Tu rencontres Terence
le petit ami de Maman
qui la trompe mais à part ça ça va
avec qui c'est agréable de parler. Qui rit, parfois, quand il est de bonne humeur. Little Roo fait une excellente imitation de Terence. Il bombe le torse et prend une voix grave. Terence est toujours en train de lisser ses boucles avec un gel effet mouillé et de tripoter sa moustache. Il l'enroule autour de ses doigts comme un méchant dans les films. Little Roo pourrait être acteur s'il voulait. Le maître de l'imitation. Dodu comme Terence, il marche avec le ventre en avant.

Terence a des baskets Nike
il dit qu'il t'en rapportera une paire
Terence aime le RnB. Tu te mets au RnB
tu te sens comme une fille des clips
tu te rends compte que tu
pourrais
ressembler aux filles des clips
avoir de longs cheveux, soyeux, des tresses jusqu'à la taille
qui te donnent un air adorable.
Little Roo dit que tu ressembles à une princesse.
Tu le remercies en partant. Tu n'as plus le temps de rester à la maison et de regarder la télé avec lui. Il y a des choses à faire et des gens à voir. Tu vas au magasin d'alcool, tête brûlée, acheter de quoi boire pour tes amis ou pour quiconque te le demande.
On t'en vend toujours ; tout le monde jurerait que tu as au moins vingt ans.
Tu t'agglutines avec ta bande sur les bancs du parc dans l'hiver mordant du nord
pour boire du cidre, dire de la merde, partager des cigarettes. Il y a un garçon blond qui dit des gros mots et crache beaucoup
et ne te regarde jamais. Tu as peur de croiser son regard.
Tu es déçue quand ce n'est pas le cas.
Une nuit il pose sa tête sur tes genoux, ivre.
« T'es pas mal, tu sais, t'es plutôt mignonne.
Les Noirs ça va ; c'est les Pakis que je déteste. »

14.3

Tu poses nue pour un type bizarre dans la ville
d'à côté
qui dit qu'il peut faire des portfolios. Il te dit
que tu pourrais être la prochaine Naomi. Ou Alek.
N'importe laquelle
de ces *minettes* noires.
Il te dit que tu t'en sortiras bien parce que ton nez
est « joli et fin ».
Tu lis le journal intime de ta mère qu'elle ne cache pas.
Elle note les jours où elle a fait l'amour avec des
smileys.
Il y a aussi les jours soulignés en rouge
tu vois… 20 janvier
Trouvé Terence au lit avec sa nana blanche
tu vois… 11 février
Nouvelles lunettes pour les enfants
tu vois… *26 février*
Gynéco

Tu rencontres David, le nouveau petit ami de
Maman
qui lui vole de l'argent
et te demande si tu l'as déjà fait avec un garçon.
Tu entends David coucher avec elle
tu te sens bizarre.

Tu trouves la page des problèmes
dans le magazine *Sugar*
J'entends mes parents faire l'amour !
Tu l'agrafes à une lettre pour ta mère et tu la
laisses dans son sac à main.
Tu remarques que les bruits les plus forts
diminuent quelque temps, mais après elle oublie.
Ça recommence et tu es dégoûtée

mais *intéressée*
mais dégoûtée
... déteste David !
tu entends Maman confier à son amie Madge
que David n'est pas bon au lit. Tu te sens un peu mieux.

tu ne sens pas de sang à l'intérieur de toi
tu as du mal à te concentrer
tu pleures de frustration pendant le cours de maths
tu prends de l'avance en anglais
tu divagues, principalement
tu soutiens le regard des profs hommes trop longtemps
tu les sens réagir
tu sens le pouvoirpeur
tu t'épiles les sourcils en un air interrogateur
et
tu retrousses ta jupe pour la raccourcir

Tu rencontres Devonte devant le pub Red Lion.
C'est un homme noir avec un nom noir dans
cette ville blanche. Tu respires. Belle prise !
Quelqu'un comme toi. Devonte est beau, avec de
grands yeux sombres.
C'est bizarre, il dit. Tu as le même âge que ma
sœur mais elle n'est qu'une gamine.
Tu lui donnes ton numéro. Tu l'invites dans ta chambre
deux jours plus tard
dans la journée, pendant que ta mère dort
tu le laisses monter sur toi,
aller presque à l'intérieur
et quand il te demande si tu as déjà fait ça avant
tu te sens très timide de ne pas l'avoir fait, alors
tu mens. Ce qui est une erreur.

Quand c'est fini et que tu descends l'escalier
tu te sens très mal ; douloureuse/honteuse
en feu ; un feu brutal
et tu te demandes comment quiconque peut aimer ça.
Tu fais semblant de ne pas le voir voler 4 CDs en sortant.
Ils sont à David de toute façon
qui est

horrible
ça fait mal
ça fait mal de s'asseoir.
Ton odeur
est différente. Il y a une drôle d'odeur qui t'entoure
une odeur masculine. L'homme a laissé son odeur partout sur toi. Tu as mal.
Tu traînes beaucoup au lit.
Roo vient s'asseoir avec toi de temps en temps. Il s'assied au bout du lit à lire ses bandes dessinées en balançant les jambes. En ce moment, il veut être un super héros.
Toujours là, juste pour être là. Il pose une main sur ton front.
« Tu es malade ? » murmure-t-il,
soucieux derrière ses petites lunettes rouges.
« Je crois, oui »,
tu dis
et tu te tournes vers le mur.

Tu sombres
tu as froid tout le temps
tu as l'impression que le sens de la vie t'échappe.
Une nuit
Maman entre pendant que tu es dans ton bain.
« Mets-toi debout, » dit-elle. « Regarde dans le miroir

et regarde bien.
Tu veux mourir ? Est-ce que tu es folle ?
Tu es ce que j'ai fait de plus beau. »

Tu sombres. Encore plus profond.
Tu remarques de plus en plus de choses bizarres chez David
par ex
des sautes d'humeur
(certains jours il te hait vraiment)
par ex
une obsession pour les jeunes chanteuses noires
par ex
une obsession pour les cookies
les gâteaux
et autres trucs sucrés
par ex
quand il découvre que tu aimes les bonbons à la fraise en forme de bouteille de lait il t'en achète un sac entier.
Trop pour que tu puisses les manger. Genre deux cents
par ex
il dit à ta mère et toi à quel point vous êtes toutes les deux jolies
la chance qu'il a
Qu'est-ce qui est arrivé à Devonte ?
il se moque
Devonte avait l'air sympa.

Tu
sors en douce le week-end.
Tu descends des bières dans des bars. Tu parles à des hommes qui te disent qu'ils sont mariés, mais que ce n'est plus amusant
c'est devenu merdique avec ma femme, ils disent.
Elle ne me comprend pas, ils disent.
Je reste uniquement pour les enfants,

ou
C'est juste quelque chose chez toi, ils disent.
Tu les laisses te toucher un peu
au moment des dernières commandes et encore sur le chemin du retour à travers le parc. Tu les laisses enfoncer leurs langues dans ta bouche
c'est un peu horrible (surtout s'ils sont vieux)
mais ce n'est pas le pire. Le Pire c'est de ne rien faire. De laisser la vie couler à pic.
Tu prends un job de plongeuse dans un restaurant italien
les hommes :
Santino, serveur
Mario, propriétaire
Marco, chef
Marco dit
Écoute,
Je veux sortir avec toi.
Qu'est-ce que tu en penses, dit Mario
de sortir avec moi ?
Je veux que tu m'apprennes l'anglais, dit Santino
Joue de ce pouvoirpeur
envisage-les tous,
même si Mario est vieux et avec un gros bide
et que c'est la femme de Marco qui t'a embauchée.
Tu vas dans le parc apprendre l'anglais à un homme adulte ?
dit David.
On avait un autrefois mot pour décrire les filles comme toi.
Des allumeuses.
David ricane. Il a les dents pourries.

la fille et le laveur de vitres

Bien que tout ça soit son corps,
l'intégralité de ce mètre quatre-vingts,
la fille ne le reconnaît pas. Elle ne le voit que comme (1) *un Truc-Chaud* (2) *une arme de destruction délicieuse* (3) *un presque-pouvoir*. Le laveur de vitres habituel est en vacances. L'homme qui le remplace est enjoué, avec un accent du Sud profond. On dirait qu'il étire les voyelles. Il sonne différemment, comme quelqu'un à la télé.

Il vient juste de finir toutes les fenêtres et il demande s'il y a quelqu'un d'autre à la maison

et pour une raison inconnue la fille dit,

« Seulement moi. Combien je vous dois ? »

même si ce n'est pas strictement vrai – sa mère dort à l'étage, crevée par la garde de nuit et la garde de jour et la garde de nuit, et David est parti au magasin de jeux vidéo et pourrait passer la porte d'une minute à l'autre. Little Roo est dans le salon, collé à la chaîne de dessins animés. Rien de tout ça n'a d'importance pour la fille. Elle entortille deux de ses nattes entre ses longs doigts.

« J'aime bien tes cheveux », dit le laveur de vitres, opportunément. « Vraiment beaux. »

« Comme », ajoute-t-il, « tout le reste chez toi. »

Elle l'allume, pour commencer. Elle s'assoit sur la table de la cuisine en balançant ses longues, longues jambes. C'est censé être un jeu, un truc pour réussir à apercevoir son propre reflet.

Il se précipite. Comme un cow-boy dans un western. Il y a du pouvoir et il y a de la peur et ils se fixent l'un l'autre.

Il a les yeux brillants et il est expert et étonnamment préparé et même s'ils sont dans la cuisine

et qu'il n'a pas d'introduction à ce qui s'apprête à se passer
il la sort direct
et il enfile un préservatif jaune. Jaune, elle pense.
Tiens, jaune, elle pense.
Ma couleur préférée quand j'étais enfant.
Jaune, elle pense.
Merde, j'étais un enfant avant.
Jaune ;
est-ce que je suis toujours

un…

et tout ça est un peu inattendu mais elle est une adulte, quoi qu'il en soit. Arrivés là, se dit-elle, ce serait bizarre de ne pas. Ça arrive ; ça fait peut-être mal,

mais bon. Ça ne prend pas longtemps.

Ça arrive sur la table de la cuisine, ce qui est bizarre. Quelle femme, dit-il complaisamment en secouant la tête, puis il part.

Elle a cru s'être vue en train d'observer la scène de l'extérieur,
depuis l'affreux jardin.

Je suis sûre qu'il va rêver de moi, se dit-elle, avant de prendre deux douches.

16.0
c'est l'été

Elle marche dans les bois derrière l'école
avec Dylan.
Ils s'asseyent sur un banc dans la clairière. Dylan vient de la ferme toute proche et il a les yeux noisette et des cheveux presque roux mais pas complètement. Ils commencent à s'embrasser, parce que ça a été prévu depuis, genre, toujours. Elle ouvre sa braguette parce que c'est ce qu'on fait. Embrasse-la, dit-il, alors elle le fait. Encore et encore et encore
Jusqu'à ce qu'il vienne. Il lui dit merci.
Elle sent le pouvoir et le sexe, comme si elle savait pour quoi elle est faite.
À la maison, David a préparé des pâtes affreuses, fades. Avec un immonde pesto vert.
À la maison, David lui demande où elle était.
Elle répond,
« à l'école »
et il la regarde et il dit,
« *Vraiment. À l'école.*
Vraiment. »
« Laisse tomber, David. Pour une fois »,
siffle Maman, épuisée,
avant de partir pour le travail.

faisons quelque chose ensemble

David a un ami, Peter,
un réalisateur qui travaille dans un magasin de vidéos. Peter est plein d'esprit et grisonnant,
un gros ventre, des yeux verts. Il voit David comme l'idiot qu'il est.
Apparemment David traîne dans le magasin toute la journée et tous les gars se moquent de lui derrière son dos.
Apparemment David se vante de sa belle-fille qui chante mieux que les gens de la télé et qui finira par être célèbre.
Peter vient voir David et Maman un soir.
Ils s'asseyent tous dans le salon
ils rient fort
en mangeant des Pringles, en buvant du vin blanc et en regardant des DVD.
Peter dit qu'il peut te faire un CD de demo pour envoyer à toutes les maisons de disques.
Tu vas au studio.
Tu chantes pour Peter. Toni Braxton et Whitney Houston et Des'ree
avec de la musique d'accompagnement de karaoké.
« J'aime vraiment ta voix », dit Peter. « Et je pense que je pourrais te trouver du travail.

Vraiment, vraiment. Faisons quelque chose ensemble. »

Même s'il n'a pas d'enfant, il a l'air d'être le père de quelqu'un. Tu connais ce type de gars ;
regard gentil,
corps en feu. Tu écris des chansons et tu les chantes. Peter est charmant.
Il t'emmène manger dehors très souvent.
Il t'achète du poulet et des frites
il t'écoute te plaindre des
cours de littérature combinés
à la performance artistique et à la psychologie
il te paye des Malibu-coca
ou des Bacardi-coca
ou des Martini-limonade. Un jour tu fais un détour
après le studio
à l'arrière de la voiture de Peter.
Le lendemain
tu es en train de parler à ta mère dans ta chambre.
Tu la regardes ramasser la robe que tu portais,
la robe-chemise rouge
qui est maintenant tachée à l'intérieur du dos,
couleur argent comme la licorne. Magie.
Tu la vois la rejeter sur le lit.
« Qu'est-ce que c'est que ça ? » dit-elle
« Ça quoi ? » dis-tu.
Tu es terrifiée, mais tu n'oses pas le montrer.
Tu es soulagée quand elle change de sujet.

Tout ça à cause d'un pelotage dans la voiture,
à cause d'un jet précoce
du presque-sexe
Juste à cause d'un truc absurde que tu as fait quand tu étais seule et excitée. Pleine d'étoiles et

pleine de Malibu et de Bacardi et limonade et de Martini-coca et juste parce que tu ne pouvais pas perdre tes super-pouvoirs en allant directement te coucher ;

à cause de ces choses

Peter est à fond. Il veut commencer quelque chose. Il t'aime vraiment bien (ou un truc du genre). Il te regarde du coin de l'œil.

Mon Dieu.

Peter pense que David est un c
o
n. Et n'importe qui d'autre qui connaît David est un c
o
n,

bon. Ils te comprennent.

Peter dit qu'il t'aime. Il dit qu'il pense vraiment qu'il t'aime. Ah bon, bien. Il faut bien que quelqu'un t'aime.

Peter t'emmène à l'hôtel la plupart du temps (ces travel lodges avec les logos bleu et blanc)

les jours de semaine pour sécher les cours, baiser et boire du vin.

17.0

Le truc, dit la responsable de l'agence de mannequinat,
en fronçant les sourcils,
c'est qu'on pense tu es sublime. Évidemment qu'on pense que tu es sublime.
M a i s
tu as beaucoup de poitrine pour un mannequin.
Tu pourrais essayer de perdre quelques kilos.
On adorerait te mettre dans notre division commerciale mais ton style est peut-être un peu trop affirmé pour ça. C'est Manchester, tu vois ? Londres est un marché plus solide, mais il faut vivre là-bas. Et ils sont très stricts sur les mensurations, mais on pourrait essayer de t'aider. Dans tous les cas, ce n'est pas facile pour les Filles Noires. S'ils en ont une autre dans leur book, ils ne vont pas te prendre. Je préfère être honnête, tu vois ?
Elle repousse ses cheveux blonds au carré en déclarant toutes ces choses comme si elles n'étaient pas importantes. Comme si elle ne parlait pas de ma vie entière. J'ai besoin que ma vie soit différente, j'ai besoin d'une carrière. J'ai besoin de m'éloigner de Grand-père et Grand-mère et Maman et David. Je fais rien de bien, ici. La seule personne

qui me comprend c'est Little Roo. Maman et David sont constamment en train de se disputer. J'ai besoin d'une porte de sortie ; une échappée solide. Je regarde Fashion TV toute la sainte journée. Les mannequins sont cool et grandes et maigres et étincelantes. J'essaie tout ce que je peux pour rétrécir. Je bois du coca light et j'enlève le pain de mes sandwiches et je mange des Jamaican Water Crackers à la place de la nourriture. J'ai entendu dire que le chewing-gum donne à ton corps l'illusion que tu manges, alors j'achète des chewing-gums sans sucre à chaque fois que je peux. Je reproduis la vidéo d'échauffements du ballet de New York tous les jours sans exception. Même quand j'en arrive à avoir froid tout le temps et sans arrêt envie de dormir, il reste toujours ma cambrure profonde, et mes seins ne disparaissent pas. Essaie de ne pas tortiller du cul quand tu marches, disent les filles à l'agence. Ce sont les vêtements que tu dois mettre en avant, pas ton corps.

Peter dit qu'elles ne savent pas de quoi elles parlent.

Il connaît un type qui connaît un type dans la ville d'à côté. Bientôt, je fais des défilés commerciaux pour de petites marques de vêtements et des shootings pour des catalogues du coin.

Quand je refuse de m'inscrire à l'université, Maman réagit comme si je l'avais frappée. À quoi bon ? je dis. Je chante. Je danse. Je suis actrice et mannequin maintenant. Je peux faire tout ça sans l'école. Ce que je fais, ça ne s'apprend pas, Maman. Je sais comment ça sonne mais je m'en fiche. Ça isole déjà d'être au lycée, de ne me sentir proche de personne parce que je suis avec Peter, un adulte de l'âge de leurs pères. Un homme qui n'aime pas que je sorte sans lui. Je me sens grande et noire et

vieille avant l'heure. Personne d'autre de dix-sept
ans ne me regarde. Je ne suis pas assez petite,
pas assez claire, et mes cheveux font des choses
bizarres. Je ne peux parler de Peter à personne.
C'est un secret avec des bords coupants,
un poids épais et dentelé.
Maman fait semblant de ne rien savoir. Elle sait,
je sais qu'elle sait. Marcia sait que je sais qu'elle
sait ;
elle évite le sujet une fois ou deux. Nous faisons
une jolie danse.

« J'espère que tu n'es pas en train de prendre des
décisions qui bouleverseront ta vie », me dit-elle.
« Est-ce que tu as déjà un petit ami ? » demande-t-elle.
David est ravi de la tension dans la maison. Il peut
être horrible avec moi et gentil avec Maman, ou
l'inverse, à sa guise.
« Fais des études. Ton physique ne te mènera pas
si loin que ça, jeune dame », dit-il, en se mettant
en face de moi
et en me faisant un clin d'œil,

Bordel.

17.5

Quelque part au Sud, près de Londres mais pas à
Londres même,
je chante des reprises de Whitney Houston vêtue
de longues robes moulantes à paillettes qui
accrochent la lumière. Peter se charge de mes
pistes d'accompagnement ou parfois nous
engageons un pianiste.
Mes cheveux sont permanentés et tombent sur mes
épaules. Je ressemble beaucoup à Maman avant.
Avant qu'elle ne soit toujours fatiguée.
Le lycée est presque fini. Je suis presque libre.
Je bois. Je bois des doubles whisky-coca et des
Bacardi-coca et Peter boit la meilleure bière qu'ils
ont en pression.

Au Sud à côté de Londres,
Mais pas à Londres même, je suis assise dans
le pub après le concert avec Peter tandis qu'une
blonde se balade nue avec un verre à pinte vide.
Les hommes mettent des pièces dedans.
Elle est pas mal, dit Peter, mais je préfère de loin
la brune d'avant. Plus naturelle. Celle-ci est trop
maigre et les faux seins c'est pas du tout mon truc.
Je sais, je dis. *Je sais.*

Dans le Nord,
dans un endroit près de la maison
mais suffisamment loin,
la musique commence et la fille danse, les hommes reluquent.
Je pourrais faire ça mieux, je dis.
Ouais mais tu ne voudrais pas être *ça*,
fait Peter.
Imagine ce qu'elle doit vivre pour être obligée de faire ça. Je veux dire, qu'est-ce qui peut bien se passer dans sa tête ?
Elle ne pense pas à toi, j'ai envie de répondre.
Regarde, fait Peter, sarcastique. Le coin de sa bouche est tordu.
Je peux tout voir,
même le rose.
Tu as payé pour, je rétorque,
tu y participes. Alors pourquoi te plaindre ?
Ne nous disputons pas encore, dit Peter en me regardant. Il n'a jamais eu l'air aussi mal.

Plus tard, après le sexe, quand il me montre le film qu'il en a fait, et je ne peux pas regarder. C'est comme regarder quelqu'un me frapper encore et encore dans le ventre.
J'ai appris à partir ailleurs, parfois. Est-ce que c'est là que vont les filles quand elles dansent dans ce pub atroce ? J'espère les croiser dans une autre dimension un jour. Nous pourrions parler des animaux. Ils sont beaucoup plus nombreux que nous sur terre
et c'est eux qui dirigent le monde.

18.0

David et Maman
se disputent et se réconcilient,
se disputent et se réconcilient encore.
Little Roo monte un club d'échecs à l'école.
Il est super malin et il a presque quatorze ans,
il bat tout le monde, même les adultes. Il te prend
ta reine pendant que tu essaies encore de protéger
tes petites pièces. Il a un cerveau analytique et
créatif, dit Peter. Il pourrait aller loin, s'il voulait.
Peter te dit qu'il veut être avec toi tous les jours.
Peter
t'appelle six fois pendant que tu fais du shopping
pour « savoir comment tu vas ».
Peter à l'air de penser qu'il te protège
du reste du monde, et des hommes.
Peter dit que tu flirtes trop,
que tu es en chasse.
David soupçonne
quelque chose. David est en colère. Il dit
« Est-ce qu'il y a quelque chose dont je devrais être
jaloux ? »
à sa façon flippante.
Maman voit tout, ne pose aucune question. Elle
continue à aller au travail et à revenir à la maison
et à dormir et à aller au travail et à revenir à la

maison et à ne pas dormir assez. David garde des trucs sucrés enfermés dans les tiroirs,
des muffins aux pépites de chocolat, des biscuits, des Jammie Dodgers, des piles et des piles de Pims. Et il ne laisse personne y toucher. Il se comporte de plus en plus bizarrement,
il achète des bandes dessinées, des gâteaux et des cds et encore plus de gâteaux avec la carte de crédit de Marcia. Des centaines et des centaines de conneries super chères enfermées dans des placards.

Tu
réduis la nourriture à 1 200 calories
réduis la nourriture à 1 000 calories
ne dis à personne ce qui se passe avec Peter.
Il veut se fiancer. Oh mon Dieu.
Il dit, « Tu perds trop de poids.
Mange. S'il te plaît, mange. »
Mais les os de tes hanches semblent plus réels que tout le reste :
deux trophées
de chaque côté, qui te tiennent debout,
qui te disent merci merci ; nous apprécions tes efforts et de toute façon,
tu es désolée pour Peter
mais tu veux partir.
Tu as besoin de quelque chose, mais tu ne sais pas quoi.

Tu découvres qu'il y a des sites internet sur lesquels tu peux aller pour parler à d'autres gens frustrés dans le monde.
Peter dit, « Fais-le, mais seulement si je suis là. »
Sur lycos.com
tu rencontres
AISHA, qui est grande,

perse,
avec des cheveux longs
si belle que tu supportes à peine de la regarder.
« C'est ton petit ami ? » elle dit, en faisant un geste vers Peter. Tu acquiesces,
mais tu voudrais que ça ne soit pas vrai.

Tu écris un livre
sur quatre femmes blanches de la classe moyenne
avec de longs cheveux brillants et des familles ordinaires qui font face à des problèmes de mariage, de travail et de lesbianisme soft.
Tu l'appelles *Swinging Roundabouts*, et les éditeurs répondent,
« Pas mal, mais ce n'est pas ce que nous recherchons. »

Tu écris des chansons
tu les enregistres
rien ne marche
rien ne marche.
Tu es sûrement lesbienne.
Tu penses aux femmes
tout le temps. TOUT LE TEMPS.

Sur alt.com
tu rencontres
CARYN
« Tu sais, je vais le castrer », dit-elle à propos de son mec (qui l'attend dans un minivan sur le parking).
« Ouais, tout est arrangé. Il s'en fiche. On y est presque. »
Tu ris. Mais son visage ne bouge pas.
« Non mais, je suis sérieuse », dit-elle. « Très sérieuse. On a prévu ça depuis super longtemps.
Il y a beaucoup de gens qui font ça, en ligne

et tout. C'est une chose que nous faisons pour illustrer mon contrôle total de la situation et la soumission de Martin. J'ai tellement hâte. Ça va être super excitant pour nous. Un genre d'apogée. Ça va vraiment améliorer notre dynamique, tu vois ? »

« On aimerait bien que tu nous rejoignes un soir », dit-elle. « Qu'on s'amuse un peu. Martin n'a pas besoin de regarder ni de participer. Il peut écouter depuis une autre pièce, si tu préfères. Ça va le rendre fou

haha.

Ça va lui plaire. »

Oh, j'ai pris ça pour toi, dit-elle en sortant un paquet de son sac à dos.

Tu l'ouvres. C'est une bague d'orteil.

La fois d'après quand vous vous parlez en ligne, elle dit,

« Je suis amoureuse de toi. Je te jure, c'est vrai. »

18.5

Tu t'installes avec Peter.
Marcia passe parfois et soupire beaucoup,
En ne te disant rien sauf
« Grand-mère et Grand-père pensent que tu es en train de gâcher ta vie »
et
« David est un emmerdeur »
et
« C'est agréable ce que tu as fait avec cet endroit ; c'est tellement bien rangé. »
Tu nettoies ta nouvelle maison du sol au plafond, souvent.
Tu te souviens du sol de la cuisine de Linford et tu frémis. Tu établis tes propres règles et tu as ta propre maison, les choses peuvent être exactement comme tu veux. Pas de maison rouge. Pas de dents pourries. Pas de moustaches huileuses. Juste toi et du désinfectant et compter les calories et baiser. Juste toi et le ménage, et la Javel,
et Peter.
Et tout ce que tu trouves à faire c'est casser.

casser.

Tu dis à Peter que tu pars
une nuit quand il rentre ivre à la maison.
Il claque la porte, l’arrachant presque de ses gonds.
Tu déménages.

TROIS

Roo peut jouer de n'importe quel instrument,
il est doué à ce point. Un pur talent. Il aime jouer
de la batterie mais n'arrive pas rester assis à
l'école. Il manque de concentration.
Il n'est pas cadré, ils disent. Il a de mauvaises
fréquentations, ils disent.
Ou peut-être que c'est lui la mauvaise
fréquentation, ils disent.
Dans tous les cas ça doit cesser.

Maman appelle. Roo a laissé tomber ses leçons de piano pour sortir et traîner dans les rues.
Maman dit,
« Je peux la sentir sur lui. L’odeur du dehors. »

Maman appelle. Maman dit que Roo a fait un trou dans le mur du salon avec une batte de cricket. Maman est presque en train de pleurer. « C'est la drogue, je pense »,
dit-elle.
« Ça le fout en l'air. Il est en train de changer. Il ne va plus à l'école. »

Maman appelle.
« UNE ARME »,
elle dit
« Je viens de balancer un 9 mm à la poubelle !
Viens chercher ton frère. Je te jure, je vais le tuer
ou le foutre à la porte.
Je n'en peux plus. Je suis épuisée. Je ne me sens
pas bien du tout. »
Au lieu de quoi tu
files à Manchester,
une ville à la fois ravissante et sinistre,
tu t'installes dans un meublé à Salford. Cinquante
livres la semaine, salle de bains partagée.
Tu bois une bouteille de rouge par jour, presque
tous les jours. Tu entends dire que le divorce de
Peter a été signé trois mois après ton départ
et qu'il se noie dans l'alcool.

Tu aimes
Manchester. Dans la journée
tu as un boulot d'intérimaire dans un bureau en
haut d'une tour en verre,
et la nuit
tu sors, défoncée.

blues 98

C'est une nuit putaindefroide
et il n'y a *pas d'étoiles dans le ciel du plus loin que tu puisses voir*
mais ce n'est pas un problème, tu peux créer les tiennes. Il existe un morceau de house avec ces mots exacts. Tu danseras dessus plus tard. Tu souris à ton reflet dans le grand miroir mural fixé derrière ta porte. Ce soir, tu es équipée des pieds à la tête avec des vêtements flambant neufs,
une robe mauve courte moulante
et des talons hauts noirs. La personne qui te renvoie ton regard est drôlement jolie. Si tu n'étais pas elle, tu pourrais avoir envie de l'être. Tandis que tu éteins la télé, ton ventre se noue. Tu fermes à clé, tu descends le couloir rose horrible et les escaliers recouverts de moquette marron et tu sors dans la nuit. Tu vis dans la partie la plus sympa de Salford. La partie la plus haute, à côté des terrains de foot, juste avant que Salford ne devienne Prestwich, où les maisons imitation Tudor marquent la fin de la rue.

Il y a une fine couche de verglas sur le sol, tu marches avec précaution sur tes nouveaux talons. Ta respiration dessine des volutes dans l'air bleu foncé. Le bus à deux étages qui traverse

Salford passe dans moins de quinze minutes, un cadeau du ciel avec une météo comme celle-là. Toujours en chantonnant, tu grimpes à l'étage du bus pour voir les rues d'en haut. C'est une route droite jusqu'au centre de Manchester, après les cours d'école et les tours HLM de chaque côté. Il y a toujours des querelles entre les groupes de ces deux tours, dont les habitants s'invectivent fièrement d'un bâtiment à l'autre. Ça ne sort jamais dans la presse. Tout ce qui sépare les deux tours c'est la route principale, le marchand de journaux, les bookmakers et deux hautes rangées de fils barbelés de chaque côté.

Après avoir dépassé le muséum
et la salle de concert Apollo
en face des parcs à l'herbe gelée, le nouveau commissariat de police et les terrains vagues, un autre bus s'arrête au feu à côté du tien
et un garçon assis avec ses amis à l'étage t'envoie un baiser. Tu essuies la condensation avec un doigt ganté pour le voir plus clairement. Tu leur adresses à tous un geste de la main.

Tu commences à monter
vous commencez à rouler
environ deux minutes à partir du centre en passant par Deansgate Locks.
Tu sens l'urgence sous ta peau,
l'agitation
une joie brûlante qui ruisselle,
tout devient flou.
Tu as besoin de mâcher quelque chose
Tu te penches en avant et tu fourres bruyamment un chewing-gum à la fraise dans ta bouche et tu demandes à l'homme dans le double siège face à toi s'il ne trouve pas que la vue aérienne des lumières colorées qui se reflètent dans

l'eau est une des plus belles choses qu'il ait jamais vues. Il ne répond pas. La femme à côté de toi fait semblant de pas t'avoir entendue non plus. Tu t'en fiches. Tu commences à te sentir

incroyable comme une superstar.

Quand tu atteins les Locks et que tu entres dans le bar, ta nouvelle amie Paulette est déjà là. Après tout, c'est son repaire, l'endroit exact où vous vous êtes rencontrées, il y a tout juste deux mois. Chaque fois que tu viens ici la musique est meilleure que la fois précédente.

Tu es électrique. Ta tête nage
tu transpires
le rythme atteint tes os.
Tu bouges
du sommet de ta tête au bout de tes doigts,
tu peux le sentir,
tu peux le sentir dans tes talons,
même la plante de tes pieds est heureuse. Tu ne peux pas voir tes autres amis
mais tu es sûre qu'ils sont en sécurité ;
tu les verras bien assez tôt. L'endroit est plein de gens
qui attendent d'être découverts.
Quand tu retrouves tout le monde il est temps d'aller dans le club. Paulette se moque de toi
parce que tu as clairement déjà pris un cachet.
« Prenons-en un autre », dit-elle. « Tant que c'est vide ici. »
Le rythme est comme un pouls ;
à l'intérieur de toi tout est liquide et précieux.
Il y a tant à dire. Tu dis à Paulette à quel point tu l'aimes et que les choses se passeront bien avec le divorce et la garde de son petit garçon. Elle glousse,
elle dit que tu es défoncée. Tu ne peux pas le nier. Tu trouves ton vieux copain Carl en train

de parler à un groupe de gens. Tu l'embrasses. Vous ne vous aimez pas comme ça du tout ; pas vraiment, mais ce soir,

mais ce soir

sa langue a goût de bourbon et de coca.

Elle fait pas semblant, cette montée. Vous riez l'une de l'autre.

Son visage se tord et le tien doit le faire aussi, parce que tu peux sentir tes dents supérieures se planter dans ta lèvre inférieure. Ça va faire mal demain. Les gens autour de toi tournent en rond sur

« Nous pouvons créer nos propres étoiles. » À ta gauche, Paulette danse dans une flaque de lumière.

Tu veux appeler Roo et lui dire,

Fais tes bagages et viens à Manchester. Loin de Maman et David. Partageons un meublé et écrivons des films et tout. Quelque chose comme ça.

Au milieu d'une conversation avec un·e inconnu·e, tu oublies, momentanément, de quoi exactement iel est en train de parler.

Pardon, qu'est-ce que tu disais ?

Et alors iel rit et dit,

C'est toi qui étais en train de me parler, pas moi.

Ça arrive. Vraiment.

Ça arrive, tu dis. *Oh, ça arrive. Parfois mais pas souvent.*

Ou pas toujours, mais souvent.

Merde, iel dit. *On dirait un poème.*

Qu'est-ce que t'as pris ce soir, poète ?

Il est déjà si tard.

L'air glacial s'engouffre dans le sas

et tout le monde est en train de sortir. C'est une brusque interruption et ils se demandent où aller après.

Tu ne peux pas rentrer à la maison seule et défoncée. Les gens autour de toi décident de continuer la fête chez l'ami d'un ami d'un ami

(c'est fragile)

mais c'est toujours mieux que le désespoir.

Tu obtiens l'adresse que quelqu'un a griffonnée sur une facture et la plupart d'entre vous vous rendez à l'endroit indiqué.

L'after est dans un bâtiment récent dont les appartements surplombent la ville. C'est un de ces appartements tristement modernes avec un sol en parquet massif, des angles coupants et des appareils chromés flambant neufs. La salle à manger est ouverte et tout est tellement immaculé et stérile qu'on ne serait pas surpris d'y trouver une putain de table d'opération ou une chaise de dentiste au milieu. Tu le dis à voix haute mais tu fais un lapsus et quelqu'un ricane. Tu as légèrement la nausée mais à ce moment-là quelqu'un t'en offre une autre, rose et en forme de cœur. Les pilules préférées de Paulette.
Où est-elle ?

Deux heures plus tard

tu ferais n'importe quoi pour empêcher le jour de se lever. Cette heure arrive toujours trop tôt. Dimanche est une horrible perspective. Quelqu'un d'autre doit penser la même chose que toi, parce qu'il essaie de fermer la brèche dans les rideaux où un filet de lumière menace la scène. Les choses se dissipent et tu te sens retomber dans l'ici et maintenant

le terrible ici et maintenant.

Ton nouvel ami se noie dans une bouteille de vodka dans la cuisine, donc tu l'accompagnes à contrecœur, mais après un quart de bouteille il rentre chez lui en vitesse

pour récupérer ses enfants chez sa mère, dit-il. Tu parles d'une raison pour foutre en l'air une fête.

Toi,

qui continues de boire et de boire,

tu te sens étrangement alerte, horriblement sobre,

et tu ne reconnais plus ce qui t'entoure. Où est parti tout le monde ?

La stéréo déverse de la trance. Tu ne peux pas entrer dans la trance. Pas maintenant.

Deux personnes sont assises, réveillées mais immobiles. L'une d'elles est recroquevillée en une boule serrée sous la table à manger. Personne ne fait attention.

La vodka te permet de garder ton calme. L'euphorie a disparu depuis longtemps. Il y a une nouvelle sensation assourdie. La pesanteur. Ça doit être l'alcool ; tu ne peux plus sentir grand-chose. Pourtant, c'est mieux que ce que tu as ressenti dans la Vraie Vie ces derniers temps.

Tu pleures beaucoup trop souvent ces derniers temps.

Par exemple :

plus tôt dans la semaine quand tu rentrais du supermarché avec tous tes sacs et qu'ils te cisaillaient le bras, tu as soudain remarqué le rouge des baies sur les buissons de houx et tu as compris d'un coup que nous voyons le monde à travers des filtres

et qu'ils sont tous de travers.

Il y a Quelque Chose De Mauvais.

Les gens de la fête s'entassent dans des taxis pour rentrer chez eux.

Tu sautes dans une voiture qui va dans ta direction. Tu ne vas pas plus loin que la grand-rue.

Dans la voiture, personne ne parle. L'homme qui était sous la table plus tôt est assis dans le siège passager et se tient la tête dans les mains.

Ta gorge est sèche et l'intérieur de ta bouche est irrité.

Tu n'arrives pas à réfléchir posément

mais tu dois juste te mettre dans un bus pour rentrer à la maison et bientôt, tout ira bien. Les gens qui vivent leur vie si calmement et la futilité de tout ça t'explosent la tête.

Demain à la même heure tu seras déjà en train d'essayer de te convaincre toi et le reste du monde que tu es au sommet de tout, debout devant la photocopieuse au vingt-troisième étage de l'immeuble en verre le plus haut de Manchester, de nouveau en train de regarder en bas l'air bleu glacier et les immeubles couverts de neige et les routes embouteillées dehors,

de nouveau en quête d'une échappatoire. Tu boiras beaucoup de café noir/sucre brun pour empêcher l'effondrement en voulant t'absenter encore.

Tu leur dis,

déposez-moi au feu, je vais prendre le bus.

Tu montes dans le 98

Tu montes dans le bus 98

Tu montes dans le bus 98 en tremblant

Tu montes dans le bus 98 en tremblant et tu t'assois. Une petite femme blonde monte et s'assoit devant toi avec deux petits enfants. Ils font beaucoup de bruit, c'est trop.

Respire lentement. Respire plus lentement, mais ne respire pas trop sinon tu es foutue. Ne t'évanouis pas. La femme se tourne, te regarde de haut en bas et resserre les enfants contre elle. Tu n'es pas sûre de ce qu'elle regarde. Est-ce qu'elle n'a pas été jeune elle aussi un jour ? Au moins, toi, tu ne juges pas les gens dans le bus 98.

Tu aurais bien besoin d'une douche. Tu espères qu'il reste de l'eau chaude dans la salle de bains. Tu voudrais rentrer dans une maison où t'attende quelque chose ou quelqu'un plutôt qu'un vieux studio mal éclairé, et une salle de bains partagée avec cinq autres personnes. Mais à cinquante livres la semaine tu as ce que tu mérites.

Ne sombre pas, tu te dis à toi-même.

Ne sombre pas.

Tiens bon, tu te répètes. Et ne regarde personne, sinon la paranoïa va débouler. Il y a du chewing-gum par terre et c'est rose et c'est putain de dégueulasse.

Il y a des microbes partout sur les sièges, qui se multiplient. Qui s'accouplent. Pense

à quelque chose d'autre. Maintenant. Avant de commencer à avoir la sensation qu'une araignée te marche sur la peau.

Little Roo.

Que ferait Roo dans un moment comme ça ?

Tu t'apprêtes à l'appeler,

mais qu'est-ce que tu pourrais lui dire d'utile ?

Tu n'appelles pas.

Quand le bus arrive enfin à ton arrêt
tu te dis que tu ne pourras pas manger avant un bon moment.

Tu te dis que respirer est un peu trop d'effort. Tu veux t'écrouler dans ton lit.

Tu veux un verre. Tu aimerais qu'un verre amortisse l'écroulement.

Tu te dépêches de dépasser le marchand de journaux, tu aperçois ton corps voûté dans la vitrine. Ta bouche te fait mal dedans et dehors. Tes lèvres sont craquelées et gonflées. Tes yeux sont sombres et ce truc recommence. Ton visage, qui goutte, tout est brouillard froid

nez qui coule

sel chaud.

C'est un matin brillant et amer, encore trop pour tes yeux. Feux de voiture orange terne. Trottoir gris. Tout ce bleu, bleu, bleu
aussi loin que l'horizon et sans soleil dans le ciel.

gamma-hydroxybutyrate

Je me réveille sur le sofa d'un inconnu. Au-dessus de moi, Paulette me sourit, en jouant avec ses cheveux blonds, méchés, chics, de Manchester.

Tellement mignonne. Elle est réveillée. Oh, elle est tellement mignonne.

Je me réveille sur le sofa d'un inconnu. Au-dessus de moi, Paulette me sourit, en jouant avec ses cheveux blonds, méchés, chics, de Manchester.

Il s'est passé TELLEMENT de choses pendant que tu dormais, dit-elle. TELLEMENT de choses. Mais je ne veux pas en parler maintenant. Je te dirai quand on partira. Je te dirai tout.

Je me réveille sur
le sofa d'un inconnu.
Au-dessus de moi,
Paulette me sourit, en
jouant avec ses cheveux
blonds, méchés, chics,
de Manchester.

Est-ce que je viens
juste de me réveiller ?
je demande, les yeux
écarquillés.
Paulette rit de mon
choix de mots. « Je
pense que tu veux
dire... est-ce que j'ai été
dans les vapes tout ce
temps ? Oui, espèce de
marmotte ! »

Je me réveille sur
le sofa de quelqu'un.
Au-dessus de moi,
Paulette me sourit, en
jouant avec ses cheveux
blonds, méchés, chics,
de Manchester.

Je suis clean depuis
plus de huit heures et
elle plane comme un
dirigeable. Nous avons
découvert le GHB,
la drogue festive liquide
qui sent les produits
chimiques et a un
goût encore pire. C'est
clair, comme de l'eau,
et ça te fait te sentir
incroyable... défoncée
et ivre en même temps.
Mais une gorgée de trop
et tu es K.O. Pendant
des heures.

« C'est parti en sucette hier soir », dit-elle. « Tu es tombée dans les pommes et tu as tout raté ! Combien de G ils t'ont donné ? »
« Un bouchon », je lui dis. « Le bouchon de la bouteille de vodka. »
« Merde, meuf », elle dit en se couvrant les yeux de ses mains. « C'est là qu'ils ont merdé. C'était une grosse bouteille de vodka. Une super grosse dose. Tu es censée mesurer avec un bouchon normal. Est-ce que tu te sens bien ? »

Je me dresse sur mes jambes, quelque peu vacillante.

« Très bien. »

« Ma vieille », dit-elle en rigolant, « tu as *des anges gardiens*. »

Nous montons dans la voiture et partons.

« Alors *qu'est-ce qui s'est passé* pendant que je dormais ? Qu'est-ce que vous avez fait ? »

« Ah », dit-elle. « Les choses ont tourné un peu trop *wild* pour moi, à vrai dire. »

La couleur de son visage a changé. Ses yeux sont sombres et m'évitent.

J'ai soudain envie de l'enlacer mais je n'ose pas.

« Fais gaffe », dit-elle, « ne bois dans aucune de ces bouteilles d'eau à l'arrière. Je ne sais pas ce que c'est. »

« Où est ma trousse de survie ? » je croasse.

Paulette me tend notre trousse de survie spéciale drogue, qui comprend des cachets de Lucozade, des pansements, du Hyalugel (pour les aphtes), du jus d'orange pour la vitamine C,

et un œuf de Pâques fondu pour le sucre et l'énergie. Nous partageons le chocolat.

J'adore Paulette. Elle a dix ans de plus que moi et un caractère de merde, mais c'est ma meilleure amie ces temps-ci. C'est agréable d'avoir une femme dans ma vie. Je pourrais carrément l'embrasser, mais elle est aussi *straight* qu'une flèche.

Nous aimons toutes les deux la poudre et les cachets et l'attention mais les journées que je préfère avec elle sont celles que nous passons avec son petit garçon,

à nourrir les canards

à regarder l'eau. Les camées aiment le calme comme tout le monde.

Deux semaines plus tard,

nous mangeons un curry avec le petit,

en regardant un documentaire sur un homme atteint de psychose,

et il raconte comment, un matin qu'il était défoncé au GHB,

quelque chose lui a ordonné de se casser toutes les dents à coups de marteau. Et il l'a fait.

Je frémis.

Paulette serre son gamin contre elle et me dit, à moi,

« Certaines personnes sont tellement autodestructrices. Mon Dieu. »

« C'est terrible », je dis.

« Terrible », elle dit.

19.8

Gemma de l'agence : Vous savez ce que c'est, hein ?
Moi : Oui, je sais.
Paulette : *[Qui a plus de problèmes avec ça que moi]* Oui.
Gemma de l'agence : *[En me regardant]* Ce n'est pas une agence de mannequins. Je dis ça juste parce que tu es encore très jeune et tu dois être informée ; tu vois, je dois me couvrir...
Moi : Oui, je sais ce que c'est. Ça me va.
Gemma de l'agence : Parce que certaines filles pensent que c'est seulement des rendez-vous et des trucs à faire, mais ce n'est vraiment pas ça. C'est l'industrie du sexe.
Moi : Ça me va.
[Gemma s'excuse, prend un appel. Elle revient.]
Gemma de l'agence : Il y a une fête dans un penthouse à xxxxxxxxxx et le client aime ta vibe. Ce sera super. Des gens de qualité. Tu veux y aller ? Tu es sublime comme tu es.
Moi : Ouais, je vais y aller.
Gemma de l'agence : Okay, super ! *[Elle se tourne vers Paulette]* Je te trouverai quelque chose plus tard, avec un peu de chance.

M. Jumeriah au penthouse

J'arrive au penthouse. Une dame en tailleur pantalon est assise à l'accueil, comme si on était dans des bureaux ou un truc du genre.

Va tout droit et dis-lui bonjour, dit-elle en souriant. Je traverse l'annexe pour aller dans la chambre principale, je m'approche d'une table avec de la poudre comme de la cocaïne, de l'aluminium et des bouteilles en verre dessus.
Qu'est-ce que c'est que tout ça ? je chuchote à moi-même.

« Oh », dit son assistant en arrivant derrière moi, « C'est du crack. Mais ne t'inquiète pas, c'est totalement optionnel, hahaha. »

J'apprends rapidement que c'est une pratique banale pour M. Jumeriah, qui fait les cent pas dans la pièce d'à côté en boxer, émettant des bruits incohérents. Il me fait signe à travers le cadre d'une porte. Là, assises sur le lit, il y a deux filles en maillot de bain, qui boivent du vin à petites gorgées.

« Salut ! » disent-elles. « Il veut juste que tu danses… Il y a des bikinis dans le panier. Prends-en un, n'importe lequel. »

Oh mon Dieu, ce blanc t'irait tellement bien.

Oh mon Dieu, cette peau, je suis jalouse.

Oh mon Dieu, c'est tes vrais cheveux ou des extensions ? »

Après, on me guide vers une autre pièce, où six filles en bikini sont assises avec des tasses de thé au lait

des biscuits

des éclairs

des chips et des cupcakes.

On parle de maquillage, d'*X Factor*, de l'actualité et du fait que nous n'avons jamais vu personne prendre du crack avant

et est-ce que c'est pas génial que nous n'ayons même pas à nous déshabiller pour une fois, sans même parler de le toucher ? M. Jumeriah est une légende dans le milieu. Apparemment il aime danser dans des chambres d'hôtels avec des jeunes femmes, et c'est tout.

Après ça, l'assistant nous tend à chacune de l'argent dans une enveloppe, et tout le monde rentre chez soi. Sur le chemin j'appelle Roo et je lui demande quelles drogues il a déjà essayées.

« Ah, presque rien », il dit. « C'est pas vraiment mon truc. Juste un peu de weed. Parfois quelque chose d'autre, tu sais, mais il n'y a pas de quoi en faire une histoire. Pas de drogues dures. Pas de H ou de crack ou quoi. »

20.0

La semaine de mon anniversaire, je vais à Chorley rendre visite à ma mère pour quelques jours. J'ai la gorge sèche et irritée et j'ai des taches dans mes yeux quand je bouge trop vite et j'ai constamment l'impression de perdre l'équilibre, ce qui finit par me sembler normal. Tous les sols se dérobent, tout le temps. Je me sens plus lourde que d'habitude. Et j'ai le souffle court.

C'est un jour froid et le bout de mes doigts est blanc. La circulation dans mes extrémités est pire que d'ordinaire. Maman et moi allons à la banque. Ses yeux brillent exagérément et elle parle des vacances qu'elle veut prendre. Elle tremble un peu et elle a quelque chose de fébrile et fragile. Je veux lui tenir les mains

mais je ne sens plus les miennes. Une fille sans chaleur dans son corps.

« Malte… ou bien Tenerife »,

dit Maman,

« les deux sont des bons endroits pour se détendre. »

Elle paraît différente, d'une certaine façon,

et

sa voix semble me parvenir de très loin.

Je dis,

« Maman,
il y a quelque chose de bizarre. Je trembl –
Je tremble. »

La seconde d'après, je suis allongée par terre et les gens de la banque me donnent de l'eau.

« Vous êtes tombée dans les pommes »,
dit quelqu'un.

« Ça va, mon cœur ?
Comment tu te sens ? »

Plus tard dans la soirée je suis allongée dans mon lit et les ombres me terrifient. J'ai l'impression que le plafond descend à la rencontre du plancher. Puis une silhouette sombre encapuchonnée court vers moi avant de retourner vers la porte d'entrée.

Quelqu'un est à mes trousses,
je le sais. Je sens une pression à l'arrière de ma tête.
Mes dents se mettent dans le passage.
Je ne peux pas articuler.
En sueur, je me lève et je titube jusqu'à la chambre de Maman
j'essaie de crier,
mais ma voix est coincée dans sa boîte et tombe en lambeaux :
« Maman !
Maman !
Quelqu'un essaie de m'attraper ! Je suis malade. »
Maman se redresse immédiatement dans son lit.
« NON », hurle-t-elle
« Non, tu n'es pas malade. Tu es ÉPUISÉE ! Et tu es en train de faire une descente de ce que tu as pris, quoi que ce soit. »

Je retourne dans mon lit
mais je ne peux pas dormir
je n'arrive pas à dormir.
Arrivé au week-end je suis de retour dans une after quelconque avec Paulette, ignorant mon angine, combattant la fièvre.

« Tu es sûre ? » demande Paulette. « Tu as été vraiment malade. » « On s'en fout », je dis. « Reprenons-en. »
C'est trop tard de toute façon ; on est déjà bien parties. Paulette et moi avalons des cachets d'ecstasy comme si c'étaient des bonbons depuis vendredi après-midi et on nous présente un groupe de quatre hommes samedi après-midi.

Ils ont la vingtaine, et sont adorables.

Tony l'Irlandais,

Dave le Danger,

Adam et William de Manchester.

Nous disparaissons dans le début de soirée.
Ils l'appellent Dave le Danger parce qu'il a une teinture platine, et un seuil de tolérance aux drogues très bas. Dave le Danger perd le contrôle très rapidement. Il est connu pour pisser dans les bars devant tout le monde et vider des pintes pleines sur la tête des gens. Tout de même, je le trouve très gentil et le sentiment est réciproque.
« Tu es très belle », dit le Danger. « Merci », je réponds. « Tu as des cachets ? »
Nous allons à une soirée soul dans une maison à Blackpool ;
nous sommes plus jeunes et beaux que nous ne le serons jamais.

Le Danger et moi on se défonce en écoutant de la musique soul, on choure la voiture de William et on part en virée.

Trois heures plus tard

Je suis peut-être en train de sombrer.

Tony est au lit avec Paulette.
Adam est plus là.

Le Danger
cherche William sous les tasses à thé de l'égouttoir.
« T'inquiète pas pour ça », dit William.
« C'est la kétamine. Une fois qu'ils tombent dans le trou de K il faut juste les laisser dedans. »

Je lève les yeux vers lui. C'est un grand type musclé, mais il a quelque chose d'extrêmement doux.

« Qu'est-ce que tu veux faire ? » il demande. « On peut continuer à boire ou juste sortir prendre un bon petit-déjeuner. T'as niqué les roues de ma caisse, au fait. »

On opte pour le petit-déjeuner et ensuite on s'endort lovés l'un contre l'autre toute une journée, jusqu'à ce que nous devions nous lever le lundi pour aller travailler. Lui au Wellness Center, moi au bureau et puis nous ressortons le soir.
Nous nous retrouvons encore et encore
et
tandis que ça arrive,
nous plongeons l'un dans l'autre.

21.0

« Tu n'arrêtes pas de parler de *ça* », dit William, « mais je ne sais pas ce que c'est, *ça*. Tu me fais imaginer des trucs flippants. »

Nous reprenons la même chorégraphie, cette danse de la presque-vérité. Je suis épuisée. Et je ne sais pas quoi dire d'autre.

« Des choses flippantes comme quoi ? »

« C'est à toi de me le dire », il répond, même si je suis sûre qu'il n'a pas besoin que je le fasse.

Et après je me dis,

Il n'y a pas de mot pour ça. C'est sans doute une perte de temps pour moi de toute façon.

Alors pour couper court, je dis,

« Escort. Party girl. Peu importe le mot qu'on emploie. D'accord ? Bon. Maintenant tu sais. Voilà. »

Il dit,

« D'accord. »

Je dis,

« Alors pars si tu veux, maintenant que tu sais tout. Ça a été marrant et tout. C'est comme ça. Cool. »

Il me regarde comme si je l'avais frappé au visage.

« Ne sois pas stupide. Je t'aime, idiote. »

Nous continuons à boire de la bière, en jouant au billard. J'ai le cœur à l'envers, mais je fais mine de rien.

le lundi

Paulette assure que je n'aurais jamais dû lui dire.
Jamais jamais.
Attends et tu verras, dit-elle.
Il va te le rebalancer à la gueule. Ouais, il va s'en servir contre toi.
Attends, dit-elle. Il va se barrer.

Il ne se barre pas. Il reste.
Je peux à peine y croire. Notre truc peut s'écrouler.
À
N'importe
Quel
Moment. Quand il dort, son bras serré autour de moi, je contemple ses cils dans le noir et j'espère qu'il ne partira jamais. Parfois je retiens ma respiration pour donner du poids à cette pensée. Une impression de promesse.

Paulette est ivre un soir, elle me téléphone et me traite de tous les noms.
Je ne la revois plus jamais.

RE CRÉATION

Si, Dieu nous en garde, quelque chose devait t'arriver

(Je retiens ma respiration à chaque fois que tu quittes la maison

pendant vingt bonnes secondes

pour que ça n'arrive pas

mais si jamais ça arrive)

si jamais ça arrive et que quelqu'un (qui que ce soit) me demande ce qui m'a frappé en premier chez toi, rappelle-toi, je dirais ton visage. Ton visage ouvert, la gentillesse dans tes yeux. Assez large pour voir le mondentier. Et tes mains épaisses, et ta douceur. Ce sont des choses concrètes pour se souvenir de quelqu'un. Tu es un solide Taureau et tu sais être là.

Je ne sais pas ce qu'il y a dans les cachets que j'ai pris ce soir mais je vois des choses. La carte, la carte entière du monde telle que je la connais, apparaît sur ta peau. Toutes les Afriques de l'Univers étirées sur ta peau tendue. Le globe doré de la planète,

tes pores, les poils sur tes bras, une ville chacun.

Est-ce que je devrais appeler, disons

Est-ce que je devrais appeler et demander à Maman, Pourquoi ?

Est-ce que je devrais dire à Little Roo que nous l'aimons ? Tu dis non, pas maintenant. Ou bien tu prends ma main et tu dis,

Tu verras comment tu te sentiras demain. Si tu appelles maintenant, ils sauront que tu as pris quelque chose. Pas de coups de fil pour l'instant.

21.2

Maman est très souvent seule à la maison.
Elle range, elle peint ses ongles en orange
ou en mauve brillant
et elle est très seule. Roo aime errer dans les rues la nuit.
David fréquente une autre femme dans la ville d'à côté. Une femme sans dents,
précise Maman, impassible.

Carci, dit Maman, impassible.
Carci (elle aime utiliser les abréviations de l'hôpital.)
Bien sûr, Carci, je me dis. Bien sûr Carci. Je le voyais venir.

C'est comme ça que nous l'avons appris : elle m'a appelée auprès d'elle.
Elle a dit, « Viens et touche ça pour moi, bébé, et dis-moi. »
Alors je l'ai fait. C'était dur. De la taille d'un galet.
Nous n'avons pris aucun risque. J'ai passé le coup de fil et elle a été admise et ils ont fait une biopsie
et c'est
Carci, Carcinoma, cancer,
bien sûr que c'est ça, bordel.

David me demande si je sais ce que ça veut dire.
Bien sûr que je sais, putain. Je l'ai rêvé.
Je l'ai créé dans mes rêves.

Roo ne comprend pas vraiment,
il acquiesce mais ça ne rentre pas ;
ou peut-être que si. Impossible de savoir.
Il a un dos et des bras solides maintenant
et des nerfs et des cheveux et des poils qui
poussent partout sur son visage. Il porte aussi des
lentilles de contact en ce moment.
Ses yeux sont souvent roses.

Maman perd un sein. En gagne un autre,
rond et plein.
Silicone. Elle part à Malte en vacances.
Ses membres enflent.
Lymphœdème, ils disent.
William la masse parfois
quand nous lui rendons visite,
Pas moi.
J'y pense (et je me sens comme une merde). Je la
regarde
détourne le regard
et je me demande
comment
pourquoi
pourquoi
et comment.

Et puis…
Rémission, ils disent.
Rémission. Elle est plus forte.
Nous nous sentons comme une famille. Les choses
pourraient être en train de s'arranger.
William et moi venons plus souvent ces jours-ci,
parce que David s'est tiré

pour baiser la femme sans dents.
Je lui raconte ce qui se passe de mon côté,
et les choses sont vraiment en train de changer.
J'ai lâché le boulot de nuit
gardé le boulot de jour
trouvé un agent artistique
et un entretien d'embauche
obtenu un job de mannequin
et mes poèmes sont publiés dans un magazine
littéraire.
Samson vient plus souvent ces jours-ci. Il reste et
parle
à Maman de sa vie à elle. De ce qui se passe dans
sa vie à lui
ces jours-ci. Il s'est remarié. Il est tombé amoureux
d'une dame qu'il a
rencontrée à la caserne. Maman écoute et écoute et
regarde
par la fenêtre et sourit.

William lui frotte les bras et les jambes. Ça fait circuler la lymphe dans le drain, ou un truc comme ça.

Pas moi.

J'y pense (et je me sens comme une merde). Je la
regarde
détourne le regard
et je me demande
comment
pourquoi
pourquoi
et comment.

Grand-père et Grand-mère pensent que la maison
est une honte
mais le disent moins ces jours-ci. Roo vit avec
Maman et fait toutes ses

courses et ramasse ses trucs
mais il ne sait pas tenir la maison.

Aucun de nous ne sait bien jouer à la maison de poupée.

RE CRÉATION (2)

Il y a quelque chose sous mes coutures. Qu'est-ce qui a changé ?

C'est le matin. Nous remplissons un panier de petits pains glacés de sucre que nous avons achetés au deli et de vin blanc pétillant pour aller au parc. Nous nous plongeons dans des espaces verts aussi souvent que nous le pouvons et nous prenons des Polaroid et nous nous tenons la main, en nous demandant comment nous nous sommes trouvés. Nous frissonnons à l'idée que ça aurait pu ne jamais arriver. Parfois les faits autour de notre première rencontre changent. Parfois Paulette était là ; d'autres fois elle n'était pas là. Parfois elle était au lit avec Tony l'Irlandais et parfois c'était Adam. Mais les faits demeurent, il a levé les yeux vers moi et l'air est devenu chaud et sifflant

et nous les avons tous laissés pour commencer quelque chose d'autre.

Il y a quelque chose sous mes coutures,

mais c'est une évidence. En plus je m'en fiche. C'est un jour frais et paisible à Manchester. L'air sent l'herbe et les arbres et nous frayons notre chemin sur une grosse, grosse colline.

Je venais ici quand j'étais enfant, dit-il. C'est mon parc préféré au monde. J'ai envie de rire parce que je ne crois pas qu'il ait voyagé tant que ça. Mais un parc préféré est un parc préféré ; et celui-ci est aussi bien qu'un autre. Notre demeure majestueuse brille au loin et je me demande comment je peux avoir autant de chance.

C'est juste un peu plus loin, précise-t-il en frissonnant dans le col de son polo crème. Je porte son manteau. Nos doigts sont entremêlés comme des étoiles, comme une forme éternelle.

Juste là, dit-il, et nous tournons pour continuer à grimper sur la colline. Je me tourne pour lui demander si on est encore loin et il est à genoux, son visage comme un livre ouvert.

Je dis oui sans attendre (j'avais déjà dit oui)

Mais je ne veux pas mentir...

il y a pourtant des petites choses coupantes dans la doublure de mon cœur. Des choses comme des animaux qui traquent mon corps. Des animaux à l'intérieur.

22.2

William et moi sommes réveillés par la police au téléphone.

Roo a été arrêté

(encore). Il est en garde à vue à Preston. Il a volé des gens, ils disent. Arrachant leurs téléphones, cartes de crédit, drogues, sacs à main

avec un couteau. Il se peut que j'aie besoin de venir au commissariat, ils disent. Il a des petits soucis.

Ils le libèrent plus tard dans la journée.

Aucune charge retenue.

« Des sacs à main ? Foutaises.
Je ne volerais jamais une femme. »
dit-il à l'arrière de la voiture.

Ces temps-ci j'y vais doucement sur les drogues. Quelques cachets les week-ends, pas plus. J'ai un job chez un liquidateur de biens, je suis standardiste à l'accueil et je commande des fournitures de bureau.

William est directeur d'un club de sport à Manchester,
il vient juste d'être promu. Nous allons souvent au théâtre et j'écris des poèmes sur la vie et sur comment tout est poisseux

mais pourtant les choses ne sont toujours Pas Bien

Certains jours je dois respirer dans des sacs en papier. J'ai la tête qui tourne, souvent.

Certains jours je ne peux pas lever ma tête de l'oreiller. Beaucoup de jours j'ai des sueurs froides. Je dis,

Il faut qu'on aille au sud. J'ai besoin de Partir. Je deviens folle ici. L'appartement est trop carré et les plafonds trop bas. Je suis trop près de tout le monde et toujours, toujours trop loin. Qu'est-ce que je peux faire pour Little Roo quand je ne peux rien, rien faire pour moi ?

Il n'y a pas assez de lumière, je dis,

en faisant tourner ma bague de fiançailles autour de mon doigt.

tu le vois, tu le vois,
mais tu ne le vois jamais vraiment

Cette chose dont tu ne veux pas qu'elle arrive arrive, arrive de toute façon,
tu te rappelles ?

Elle dit, de nouveau,
« Bébé, viens toucher ça pour moi. »
Et je ne veux pas. Parce que je sais, je sais vraiment. Secrètement, nous connaissons tous les mauvaises choses qui s'apprêtent à arriver. C'est déjà à l'intérieur de nous, un genre de codage dans le corps. C'est déjà derrière le rideau, rougeoyant. Déjà rêvé, et ça vient
et ça part
et ça revient.

Carci,
putain bien sûr.

Ah, à la bombe à retardement qu'est un corps. Tu essaies juste de vivre.
Et de travailler pour tes enfants et te battre et transpirer et travailler et baiser et travailler et demander de l'amour et pleurer pour de l'amour et t'occuper de tes enfants et travailler et étudier et dormir dans ton lit et économiser et t'inquiéter pour tes gencives qui saignent

et à la fin, tu pars quand même.
Elle était belle.
Nous l'avons habillée en mauve et blanc.

William et moi avons conduit depuis Londres et nous étions les derniers à arriver. Lorsque nous sommes allés à l'hospice, il y avait beaucoup de visages vieux et familiers. Samson était là avec sa femme.

Le visage de Linford avait bouffi avec les années.

Salut,
a dit Linford.

Comment vous allez, a
dit Linford.

J'espère que vous allez
bien, a dit Linford.

Tu as bonne mine.
Tu fais toujours du
mannequinat ?
a dit Linford,
complètement à côté de
ses pompes.

Grand-père et Grand-mère étaient merveilleusement stoïques. M'ont demandé comment allait le travail. Ont distribué des sandwichs et des gobelets en plastique remplis de porridge de semoule de maïs. Little Roo s'est écroulé dans mes bras. La seule réaction normale aux alentours.

Quant à moi, je ne ressentais rien.

Mon oncle a ramené du KFC. Nous nous sommes tous assis autour du corps en parlant poliment de comment nous tenions le coup. J'ai passé tous les coups de fil, au registre des naissances et des décès et aux pompes funèbres. Little Roo était assis sans bouger sur une chaise dans la salle d'attente.

Le lendemain nous nous sommes tous assis dans la maison de ma mère et William et moi avons servi des tasses de thé pour tout le monde tandis que nous discutions de l'organisation des funérailles. La petite amie d'un oncle (une Anglaise) a suggéré un buffet froid pour la réception et Grand-père est intervenu tout de suite,

« Non, les Noirs ne mangent pas froid. »

Elle est belle.
Nous enterrons son corps en mauve et blanc
avec les ongles rouges.

L'enterrement est une succession d'erreurs, pour différentes raisons.

1. Marcia est en retard comme d'habitude (c'est la faute des croque-morts, pas la sienne, évidemment).
2. Ils ouvrent le cercueil au mauvais moment et le choc de voir le corps vide de Marcia, sa coquille, sans y être préparée, me fait immédiatement exploser en un rire hystérique.
3. Terence se pointe, l'air dévasté.
4. Linford se pointe, l'air pâle et gonflé et tendu.
5. Ils gardent tous les deux leurs distances.
6. David est introuvable.
7. Grand-mère se surpasse en cuisine. Le riz aux haricots rouges. À en mourir. Haha.

Est-ce que je rêve ? Non. Pas d'uniforme rouge. Pas d'interrupteur défaillant.

La semaine suivante j'alterne entre le Jack Daniel's et le Jameson pour encaisser le choc.

Little Roo a presque dix-huit ans et refuse de parler.

une fin

Quelle est la différence entre le début et la fin ?
Je fixe mes mains et je ne les reconnais pas. Je
retire la bague en diamant pour laver les assiettes
et je ne veux pas ou ne peux pas la remettre.

Une semaine plus tard,
la bague était – est – toujours
sur l'évier de la cuisine. Quelle est
la différence entre l'amour et la fin ? Il n'y a pas de
différence, si ? William a demandé encore une fois
pour la bague et j'ai dit,
« Elle est sur l'évier, là où je l'ai laissée. »
Il l'a vu sur mon visage ; je l'ai vu sur le sien.
William m'a regardée
m'éclipser.
William m'a regardée m'éclipser.
Ça fait un moment que t'as pas mis ta bague,
a dit William

une semaine après.

Non, je dis. Pas encore. C'est juste que…
C'est juste que…
Et nous restons là
comme si nous nous voyions pour la première fois,

sans arriver à pleurer. Aucun de nous n'est mort. Il est juste temps de passer à autre chose, j'imagine.

Et donc,

cette semaine se termine et une autre semaine commence et on dirait bien que je déménage. Plus de forme éternelle. Je peux seulement voir les choses en termes d'ajustements et de nouveautés. Par morceaux. Je ne peux pas avoir une famille ; la liberté est tout ce dont j'ai besoin.

J'ai besoin d'être libre pour me retrouver.

Les vœux se réalisent ; ma nouvelle rue à Londres semble sortir tout droit d'un livre pour enfants. On dirait quelque chose que Roo et moi aurions dessiné. Un endroit qui m'aurait donné une raison de consulter le livre bleu pastel de magie, un endroit dans lequel j'aurais pu vouloir vivre. Je suis au milieu de Primrose Hill, entourée de maisons couleur bonbons et de restaurant russes et d'enfants aux cheveux blonds bouclés et de nounous et de cafés gourmets et de studios de hot yoga partout. De l'argent partout. Même le ciel a l'air cher. Je vis dans un meublé au dernier étage d'une des maisons. La vie est partout autour de moi.

En moi, pourtant, je ne ressens presque rien. William me téléphone sans cesse pour me demander si j'ai besoin de quoi que ce soit. Je dis non, non et non,

et j'arrête de répondre. À cette époque, tout ce que je fais c'est m'allonger sur le vieux divan tout en haut de la maison, en ne quittant pas des yeux le plafond bouffi comme du pop-corn.

heaven 1

(i) Notre mère est morte,
elle est vraiment partie.
Tout ce qu'elle était est désormais énergie dispersée
et, si l'on en croit la Bible, elle est revenue à son propre commencement.
Poussière.

(ii) Tous les autres sont restés au Nord, à vieillir.
Je suis assez loin pour oublier, sauf quand je dors. Je vis à Londres, où les heures sont plus courtes, où les mois comptent moins de jours.

(iii) Roo est dans le Nord,
toujours entre une ville et une autre. Moitié dans la maison de Maman,
moitié ailleurs. Grand-mère ne parvient jamais à mettre le grappin dessus, il n'est pas facile à coincer. Il change de numéro environ trois fois par mois et il peut vous vendre tout ce que vous voulez. Il stocke les trucs dans la maison de Maman, on m'a dit.
De la bonne came aussi, on m'a dit.
Mais il n'est pas très bavard. Il porte beaucoup de vêtements sombres. Il aime beaucoup se couvrir

le visage. Au téléphone, il faut le pousser pour avoir une conversation

et, dans la mesure où aucun de nous n'est fort à ça,

il ne se dit pas grand-chose.

Nous nous en tenons aux classiques :

Moi : T'as parlé à Grand-mère et Grand-père ?

Lui : Nan.

Moi : Tu devrais les appeler.

Lui : Tu leur as parlé ?

Moi : Oui, le mois dernier.

Lui : ...

Moi : T'as parlé à Samson ?

Lui : Non.

Etc., etc., etc.

Un soir au téléphone,

Roo dit qu'il a vu Sonny au KFC, et que Sonny a essayé de l'ignorer. Il est juste passé à côté de lui, comme s'il n'était pas là. Il dit quelque chose au sujet de quelqu'un donnant un coup de poing dans un mur, mais la communication n'arrête pas de sauter.

« Attends,

qui a essayé de taper dans un mur ? » je demande, pour clarifier.

Roo fait un bruit de gorge,

et la communication est coupée.

Quand je vais sur sa page Facebook, il pose avec une bouteille de Cîroc dans une main, une bouteille de Hennessy dans l'autre,

avec un bandage autour de la main,

ce qui répond à la question.

(iv) Je prends le train pour le Nord.

Roo a une barbe en bataille. Sa calvitie est plus avancée que dans mon souvenir.

« Comment va William ? »
il demande au bout d'un moment.
« Ah, ça n'a pas marché »,
je réponds.
Je ne dis pas que...
j'ai quitté William de la pire façon possible. Deux semaines après l'enterrement.
Je ne dis pas que...
tout ce que je vois est gris profond. Je sombre.
Je ne dis pas que...
je ne me sens pas réelle.
que je suis complètement à l'ouest, le plus souvent.
Au lieu de ça je dis,
Ça ne marchait pas, c'est tout, tu vois.
Roo écrase sa cigarette. Une expression passe sur son visage mais je ne sais pas ce que c'est.

(v) Nous sortons en soirée. Je bois huit vodkas avec des glaçons et je recommence à avoir des sensations.
Je pense que mon frère est la plus belle personne que j'aie jamais rencontrée. Le propriétaire du pub vient vers nous,
fixe ma poitrine
et dit que Roo n'est pas admis ici
à cause de son passif.
Je dis, « Lâche-lui la grappe. On vient juste de perdre notre mère. »
Il répond,
« Oui, je l'ai lu dans le journal, Dieu ait son âme. Mais je peux rien faire, la police surveille maintenant. Tu es sexy ce soir pourtant, mon cœur. Comme toujours, comme toujours. »
Je descends un shot de tequila pour la route et je balance,
« Merci pour rien, tête de nœud. »

(vi) Le matin
je reprends le train pour Londres,
laissant Roo avec les cendres de Marcia. Il est
temps de retrouver un travail de nuit.

QUATRE

une heure douze

Quelle danse tragique, la façon dont tout recommence. C'est à mourir de rire.

Je pense aux doux après-midi quand j'allais voir les matchs de cricket en salle avec Grand-père pendant les vacances d'été. C'était le seul sport qui l'intéressait à part le snooker, et il disait toujours qu'on ne pouvait pas vraiment appeler ça un sport. On supportait l'équipe des Caraïbes, évidemment.

Bien sûr, plusieurs années plus tard, un joueur de cricket se tient près du bar. Il est beaucoup plus vieux maintenant mais toujours grand, toujours fringant. Je reconnaîtrais son visage n'importe où. O'Connell, c'est son nom. C'était un de nos joueurs favoris. Grand-père disait qu'il était brillant, même s'il était blanc. J'ai toujours pensé que c'était un homme supérieur parce qu'il jouait dans une équipe noire. Comme s'il était un grand adulte remontant son pantalon pour jouer dans la boue avec des enfants.

Et il est ici, dans ce club. Oui, c'est nul d'être attirée par la célébrité, mais j'assume.

C'est mort, ce soir. Les affaires ne sont pas très bonnes ces derniers temps. Les filles d'Europe de l'Est se sont jetées sur le seul autre groupe d'hommes du club. Qu'est-ce que j'y peux ? Ils aiment d'abord les blondes, en second choix les brunes, et ensuite éventuellement nous. Il ne reste que moi et Angela. J'ai beaucoup de retard de loyers, et Angela a deux enfants à la maison. Nous dégageons une odeur de stress et de désespoir. Angela se tamponne du parfum sous les aisselles. J'aime les laisser sentir l'odeur.

Il a bu un verre ou deux, O'Connell. Je m'apprête à l'approcher mais cette salope d'Angela a la même idée. Ce qui lui manque en beauté elle le rattrape dans tous les autres domaines. Elle est insistante comme pas possible. Certains hommes aiment vraiment ça.

O'Connell nous regarde, bombe le torse et dit, D'accord, dans ce cas, je vais en prendre une seule de vous deux, alors vous devez toutes les deux me montrer ce qu'il y a sous vos robes. J'aime regarder avant d'acheter. Il a un horrible sourire de requin.

Je me retiens de sourire. Nous savons tous qui va gagner sur ce coup-là. Si j'ai bien une qualité, c'est d'avoir des beaux nichons. Un joli visage et des beaux nichons. Angela est plus maigre que moi, elle a presque dix ans de plus, et elle a eu des gosses. Et puis, elle a cette dureté dans le visage, comme si elle n'en pouvait plus. J'aurais cru qu'elle allait lâcher l'affaire mais elle se lance.

Ils passent une chanson de Sade – « Jezebel » quelle blague. Ils sont ringards dans le West End.

Je fais tomber mes bretelles et je baisse le devant de ma robe, en la laissant pendre sur ma taille. Il me sourit et me fait un clin d'oeil. Angela fait exactement la même chose que moi et le sourire d'O'Connell semble se figer sur son visage. J'espère qu'il ne va pas nous demander toutes les deux finalement, parce que je ne peux pas partager l'argent. Il la regarde tellement longtemps que ça devient gênant, même pour moi. Le coin de sa lèvre remonte et il articule silencieuse le mot « putain. » Et puis il se met à rire, parce qu'elle a connu des jours meilleurs, et les autres gens dans le club la regardent maintenant et les filles aussi, et le manager, et il la pointe du doigt et dit,

T'es sûre que c'est toujours un boulot pour toi ?

Elle porte des lentilles de contact vertes. Ses yeux sont vitreux. Au début je ne sais pas s'ils se mouillent ou s'assombrissent mais je peux sentir l'électricité dans l'air, je sens la foudre.

Elle bondit comme une bête sauvage et se jette sur lui avec ses ongles et ses dents...

et il lui fiche un coup qui l'assomme.

Il se penche sur elle, les yeux brillants, juste quelques centimètres au-dessus de sa tête, et se met à l'insulter et l'insulter. Je ne peux pas les répéter ici. Je me dis, on ne s'attendrait pas à cette méchanceté de la part de quelqu'un qui jouait dans une équipe noire,

et après elle est toujours au sol à se protéger le visage et il la frappe deux fois.

Ils appellent la sécurité et les videurs se précipitent et je ne peux pas y croire. Tout le monde rampe devant lui, à lui demander pardon ; la maison lui offre une bouteille de champagne. Angela se fait virer. Elle se tient les côtes sous sa poitrine. Il y a du sang dans sa bouche tandis qu'elle s'éloigne en boitant. Mais ce ne sont pas mes oignons, je me répète à moi-même. Elle n'a rien à voir avec moi, pas vraiment.

Tout le monde reprend ce qu'il était en train de faire. Je vais m'asseoir avec O'Connell et ses yeux sont recouverts d'une pellicule rouge et il penche la tête en arrière comme si rien ne s'était passé et il dit,

Danse,

et je le fais...

et dans ma tête je danse la lambada, la rumba, le merengue

et le rideau polyester qui est tiré autour de nous est en soie et ses mains applaudissent... dur, fort, partout,

et l'odeur de ma sueur est l'air nocturne des tropiques – la plage et le sable et la lune jaune.

Je suis soudain plus fatiguée que je ne l'ai jamais été mais je suis une professionnelle donc je continue à danser, tu sais, même si finalement il n'est pas un homme si supérieur.

Je tourne, je souris, je coule. Toutes les vagues en moi s'écrasent

tandis qu'au même moment, Angela traverse la route. C'est là que tout se corse.

Je suis toujours en bas à me préparer à prendre plus d'argent d'O'Connell parce que ce bâtard n'en a jamais assez,

il a l'écume aux lèvres.

Plus tard, le portier est assis sur la marche, encore plus blanc que d'habitude.

Il dit qu'Angela a posé le pied sur la route en regardant droit dans les voitures arrivant vers elle comme si elle voulait être blessée.

Il dit qu'elle n'avait pas l'air bien. Elle n'avait pas l'air bien du tout.

C'est le moment où je comprends qu'elle pourrait parfaitement être de ma famille. Il y a une blessure dans ma poitrine, plus dure qu'une balle de cricket.

Je retourne en bas. Le joueur de cricket veut une autre danse. Sade passe encore ; j'entends mon cœur battre dans mes oreilles.

Bien sûr, je continue à danser. Le temps c'est de l'argent.

heaven 1.5

Je me regarde dans le miroir une nuit ;
la lune est trop grosse. Et je vois d'autres choses.
Je me regarde dans le miroir.
Je coupe beaucoup de mes cheveux cette nuit-là.
Une décision au vin rouge. Foyer rouge, maison
rouge, rouge, vin rouge.
Je bande ma poitrine. J'expire. C'est mieux.

heaven 2

La personne que je ramène à la maison ce soir sent le parfum. Ce n'est ni désagréable ni particulièrement agréable. Aussi, iel a beaucoup de longs cheveux vaporeux. Tout ça est très déconcertant.

On s'est rencontrés ce soir dans un club appelé Heaven. J'avais descendu deux bouteilles de rouge *cheap* avant de quitter la maison. Facile, facile, et chaud, chaud.

Mes deux amis de sortie, comme d'habitude, ne buvaient pas la moitié de ce que je buvais, ou pas aussi vite. Moi, je ne sais pas comment on fait pour sociabiliser sobre. Ils viennent d'une autre planète, parfaitement satisfaits d'être dehors sans protection liquide. La nuit dernière je ne pouvais pas tenir une conversation avec l'un d'eux parce que mes yeux fouillaient la pièce, divaguaient, cherchaient la plus brillante des distractions. Ils me faisaient les gros yeux (ils me font tout le temps les gros yeux) et me disaient d'y aller doucement. Vas-y mollo, disaient-ils.

Je pensais,

Mais putain, pour quoi faire ? On est jeune une seule fois

et c'est facile pour vous deux de dire ça. Mon monde a besoin de coussins.

J'ai embrassé quelqu'un

parce qu'iel a dit que je sentais bon

iel a dit que j'étais belle

les murs se rapprochaient

et il faisait trop chaud et sombre et c'était plein d'étrangers et je voulais sentir quelque chose. Le vin rouge,

comme une prière brûlante,

me faisait me sentir délicieusement plus grande. On peut toujours compter sur le vin.

Rien ne pouvait m'arrêter, comme d'habitude. J'étais libre. Mes amis sont partis. Je suis retournée auprès de l'inconnu·e

l'histoire classique (je déteste ça mais je ne peux pas faire face à ma solitude certains matins). Cette personne me parlait tout du long du fait qu'iel ne faisait normalement pas ça.

Je pensais, s'il te plaît juste tais-toi,

et j'ai gardé mon tee-shirt et mes chaussettes.

Aussi

Marcia m'a rendu visite dans mon rêve à l'instant, en me disant :

Je suis désolée. Je suis vraiment désolée.

Je ne suis pas morte, en soi. Sinon comment serais-tu capable de me parler dans tes rêves ? Tu ne vois pas que maintenant je suis entièrement fait et entièrement fiction ?

Reprends tes esprits. Tu es une Africaine, le genre d'être humain le plus magique qui soit.

Je suis ailleurs maintenant. Je suis en partie humaine, en partie métaphysique, et je n'ai toujours pas saisi quelles parties de moi sont quoi et quoi. J'aime cette nouvelle forme. Je peux sentir l'espace voyager à travers moi. Je suis poreuse et merveilleuse et audacieuse.

et Marcia a dit :

Ce n'est pas tant que j'ai aimé partir,
c'est plutôt que rester avait toujours été absolument impossible

Tu es à 80 pour cent de l'eau. Arrête de te défoncer autant. S'il te plaît. Tu aurais dû épouser le gentil garçon. Cette quête, cette quête pour rien, elle te tuera.

Respirant difficilement, j'essaie de m'échapper par la porte.

« J'aimerais que tu ne partes pas », dit l'inconnu·e, visage contre le matelas. « Je te trouve belle. »

« Je suis désolée, je dois aller… travailler », c'est tout ce que je parviens à dire.

« Sympa », dit-iel. « Eh bien, tu as l'air pressée. »

Je dois l'être. Je suis déjà dans la rue, partie.

Les jours qui suivent sont sous tension, sans paix. J'achète une perruque style Naomi Campbell à cinquante livres – longue, noire, avec la frange – et je retourne travailler au club. Je me pose silencieusement des questions sur Angela.

Aussi, je n'ai pas l'énergie de faire face aux hommes ni à leurs demandes, ni à leurs mains. L'un d'eux semble vouloir à tout prix me faire parler de mes parents.

« Comment tu penses que ta maman se sentirait à l'idée que tu fais ça ? » demande un *client*, qui sans doute se fantasme en psychiatre.

« Elle est morte il y a deux mois », je réponds, impassible.

« Et alors, ma question tient toujours », réplique-t-il. Gros malin. Je serre les dents ; je rentre mes griffes. Quand il me demande de danser, je le fais.

Little Roo

Au téléphone
notre cousine est en train de dire
ton frère
a essayé de se
ton frère a essayé
de se
essayé
de
se tuer avec une ceinture en cuir noir
et sa petite amie
l'a arrêté
une ceinture
épaisse
noire/marron
ils disent
une fille
qu'il voyait
ou peut-être
juste une fille
l'a arrêté
sa chambre sent comme un cendrier
ils disent
il y a des tasses et des assiettes sous son lit
ils disent

il y a des trous dans les murs dans la maison
de notre maman (il ne sait pas tenir une maison.
Nous ne savons pas tenir nos maisons
peu importe à quel point nous sommes loin
nous sommes condamnés à échouer
échouant
cœurs échouant – il faut qu'on vende la maison,
mec.)

Ils disent que c'était une épaisse corde/câble
noir
que Little Roo
pardon
Roo
a utilisée autour de son cou.
Je suis au téléphone.
Je ne parviens pas à le joindre.
Je descends une demi-bouteille de vodka du frigo
d'un·e inconnu·e et je manque de partir en courant
dans la nuit
mais qui que ce soit avec qui je suis dit
tu bois trop
reviens au lit. Il n'y a
rien que tu puisses faire depuis Brixton,
je dis,
« C'est là qu'on est ? »
et iel me regarde.
J'essaie de joindre Roo toute la matinée
Je le joins enfin à 12:56
et il dit
Je vais bien maintenant
j'ai ces sensations et elles passent.
Je vais bien maintenant
mais je sais et il sait
que tout le monde est bien loin de BIEN. Roo dit
La semaine dernière j'ai décidé de mourir.
C'est prétentieux, mais c'était à moi de décider.

Roo dit

En me souvenant de tout ce qui était arrivé
j'ai rapidement oublié le nom de Dieu

Roo dit

Est-ce que tu sais
je…
je
je
ah, ça va t'inquiète, peu importe.

Ils disent que c'est une ceinture
une ceinture noire épaisse
ou un câble
ou un truc comme ça. Je ne peux pas mémoriser les détails ces jours-ci.
Je vais dans le Nord. Nous nous asseyons chez le docteur.
Je fais tressauter ma jambe dans la salle d'attente. Je veux tenir la main de Roo mais je ne bouge pas.
Il sort fumer une clope et le docteur vient et je demande est-ce que tu veux que je vienne avec toi
et il dit

ouais.

Et les yeux de Roo sont vides
d'une lueur noire
et Dr Melling (désormais gris gris gris
et plus du tout intéressant pour moi) prend des notes
et nous nous disons que nous ne pouvons pas
attendre aussi longtemps
pour être guéris. Nous nous disons, la peau guérit.
Pourquoi pas nous ? Nous nous disons, combien de temps devons-nous voyager sous cette pluie empoisonnée, exactement ? Nous nous disons, est-ce que la vie nous doit quoi que ce soit ? Avons-nous mal compris ? Et le temps est un animal, mec. Les années. Le temps

nous tue
il nous tient entre ses dents
et le Dr Melling imprime des papiers
et dit à Roo, « Depuis combien de temps tu te sens comme ça ? »

Merde. Qui peut répondre à une question pareille ?

Nous reposons les papiers (je pense que nous les signons ou quelque chose)

nous les lisons ou un truc du genre

nous prenons une ordonnance ou un truc du genre

mais je ne peux pas être sûre ;
je sombre.
Et sorti de nulle part, dans la voiture, Roo dit

Je suis branché musique grime
en ce moment.
Regarde. Une démo.
Tu veux écouter ?

Il me passe les écouteurs,
il est bon, bien sûr,
et c'est bien ça qui est tragique. Roo dit
Je ne prendrai pas ces putains d'antidépresseurs.
Je ne veux pas t'enterrer
je dis.
Il dit

tu ne le feras pas
ça n'arrivera plus.

J'ai envie de dire,
Oui, tu es brillant.
Oui, ça fait mal. Ou
viens avec moi. Mais je sais qu'il ne le fera pas.
Je dis,
Alors, arrête de vivre dans sa maison.
Les murs sont noirs
l'intérieur est en morceaux
on dirait un repaire à crack

mettons cet endroit à vendre.
Nous devons aller chez Grand-mère parce que nous sommes juste à côté.
Nous nous asseyons chez Grand-mère
nous mangeons sa cuisine
il ne dit pas grand-chose et moi non plus
il fixe ses patates et son poulet et ses macaronis au fromage.
La maison de Grand-mère n'a pas changé depuis qu'il est tout petit
assis dans la même chaise, à manger son dîner. Peut-être que les émotions n'ont pas changé non plus.

Finalement,
nous nous excusons et nous nous échappons dans la nuit
personne ne nous laisse entrer dans aucun bar alors
nous nous asseyons dans un parking à l'autre bout du quartier.
il fume un joint. Je bois du rhum à la bouteille.

Je suis défoncée. Où on est ? je demande
Dans le nord de l'Angleterre
il dit

Les licornes n'existent pas
je dis.

Roo
dit
si, elles existent,
tu te rappelles le jardin ?

choses que je pourrais vous dire sur Little Roo

Un. Un génie, mon petit frère.

Deux. Quand il jouait avec ses petites voitures il essayait de se les fourrer dans la gorge.

Trois. Son père est un chasseur sauvage, sauvage, venu d'un autre monde.

Quatre. Nous nous parlons rarement, mais c'est mon meilleur ami.

vrais mensonges

Qu'est-ce que tu fais quand toutes les certitudes sont diamétralement opposées les unes aux autres ? Quand les paradigmes ne peuvent s'accorder ? Quand les contradictions et d'horribles informations sont en guerre ?

Fait. Marcia est belle. Fait. Marcia est entière. Fait. Marcia est morte. Fait. Marcia m'est apparue sous les traits d'une fille asiatique enceinte dans le bus qui se tenait le ventre, et aussi comme un vieux Rasta, qui m'a souri quand il a vu que je lisais un livre sur la Jamaïque et sa politique.

Fait. Roo ne se soucie de personne. Fait. Roo s'inquiète trop, de tout. Et c'est trop pour lui. Fait. Je dois appeler Roo. Il doit m'appeler. Fait. Je l'appelle rarement. Il ne m'appelle jamais.

amour/argent

Un matin je me réveille et je comprends beaucoup de choses.

Henry Parker est allongé à côté de moi en train de faire un tas de petits bruits agaçants, il ronfle et grogne et gargouille. J'envisage de couvrir un peu sa tête avec l'oreiller pour noyer les sons. Mais c'est son lit et sa maison et je ne voudrais pas l'effrayer. Il est six heures moins dix et je ne peux pas me rendormir. Nous sommes au sud de Londres, dans le Surrey, dans sa jolie maison de campagne au plafond bas avec deux ailes et neuf chambres. La maison est entourée de deux grands jardins bien entretenus. Henry vit là au milieu de tout cet espace et cette beauté. C'est un matin d'août lourd, et l'air stagne dans la chambre. Plus de la moitié de l'année est déjà passée, ce qui m'inquiète. Je voulais faire quelque chose de moi cette année. Il y a encore le temps, je pense. Il y a carrément le temps.

Le lit est large et assez confortable en théorie, avec un matelas moelleux et un lourd couvre-lit floral. Il est couvert de pivoines rouges et blanches sur un fond rose.

Le problème d'être une invitée c'est que tu ne peux pas juste te lever et aller te chercher quelque chose à manger. Je change de position pour voir si ça aide. Il ouvre les yeux et dit que j'ai l'air perturbée et je dis dis-moi quelque chose que je ne sais pas et il rit, grogne et se rendort. Il dort avec la bouche ouverte. Les vieux et les bébés ont des traits communs, je remarque. Parfois je ne suis pas sûre de qui profite de qui. Je suis venue ici quatre fois et il me tend toujours une enveloppe de couleur crème la nuit précédente pour ne pas oublier et ainsi les choses ne sont pas bizarres le matin. Une enveloppe avec mon nom écrit nettement à l'encre céruléenne épaisse. Quand nous nous sommes rencontrés en personne pour la première fois, nous avons discuté de notre arrangement autour d'un bar et d'un brandy. J'avais besoin du brandy, sans quoi je n'aurais pas eu le courage de négocier un peu, parce que sa première proposition était beaucoup trop basse. Après tout nous parlions d'une nuit entière et j'ai accepté un tarif qui était plus bas que ce que j'aurais voulu mais mieux que de ne pas avoir le job du tout.

Henry était professeur d'histoire. Il déteste tout ce qui est écrit au présent. Je me demande ce que ça dit de lui. La nuit dernière nous sommes sortis dîner et j'ai mangé du steak pour la première fois depuis des lustres et il a pris la même chose. Nous avons tous les deux bu beaucoup de brandy. Nous attirons toujours l'attention, ce qui peut devenir embarrassant parce qu'il est petit, vieux et chauve.

Je pense que tous les jeunes devraient passer du temps avec quelqu'un de beaucoup plus vieux, même si évidemment pas dans ces conditions. La nuit dernière dans la voiture nous sommes venus à parler de la mort. Il a conscience, dit-il, du fait qu'il s'approche de la fin de sa vie. Moi, à l'inverse, je suis plus proche du début de la mienne. Il a utilisé la vieille métaphore de la colline, ce qui m'a amenée à me demander où j'en étais exactement sur cette colline. Si je vis jusqu'à quatre-vingts ans, par exemple, ça fait que je suis juste au-delà de la moitié entre la base et le sommet le plus haut ;

de toute façon, les collines n'ont pas de sommet.

Les montagnes oui.

Je ne pense pas que j'aurai une vie particulièrement longue. Ça ne me dérange pas.

On accélère dans la descente.

Henry dit qu'il n'a pas peur de la mort. C'est aussi bien.

Je n'aime pas quand il parle de ses enfants. Nous pourrions nous entendre assez bien et puis il se met à parler d'eux, comme si je voulais vraiment savoir. Il y a beaucoup de photos parsemées dans la maison. Ses « filles » sont chevalines et banales.

Filles.

Ses *filles*.

Elles sont toutes les deux au sommet de la montagne et ont été soutenues et entretenues tout au long de leurs précieuses vies.

Je pouffe de rire quand je me demande ce qui se passerait si les filles découvraient ce que leur père fout au lit avec une fille de mon âge. Ça me rend presque hystérique, mais pas parce que c'est drôle.

Le réveil indique six heures.

Le temps rampe quand on ne s'amuse pas.

J'imagine la gravité de ce que je fais. Je considère les dommages psychologiques. Si les conséquences physiques ne t'atteignent pas,

c'est la paranoïa. Que vont penser les gens ?

Que vont penser les gens de ça ? Que penserait qui que ce soit ?

Ça me tombe dessus la nuit, ou alors ça m'étrangle dans les petites heures du matin. Serai-je jamais capable d'avouer à quelqu'un ce que j'ai été ? Mon esprit vagabonde dans des poches noires. J'ai envie de sauter du haut du toit.

J'ouvre les yeux.

À ma grande surprise il est entièrement habillé, avec une veste en tweet, un pantalon et une chemise verte, et il me secoue. « Il faut que tu te réveilles », dit-il. « Ma fille est en route pour vérifier que je vais bien. Et tu peux difficilement passer pour une infirmière. »

L'horloge du radio-réveil indique 9:30 en grands chiffres rouges.

Mais Marcia essaie de me parler. Elle essaie de me parler, toujours à des moments inopportuns. Tard dans la matinée et beaucoup trop tôt la nuit. C'est souvent un Mauvais Moment pour nous deux.

Je dis,

Maman, je ne peux pas parler. Je suis au travail. Peut-être ce soir ?

Mais ça ne sert à rien de prendre rendez-vous avec elle. Elle vient quand elle vient quand elle vient et tout ce que j'ai à faire c'est ne pas vérifier les interrupteurs et espérer qu'elle vient seule.

Marcia dit qu'elle n'a pas encore rencontré Jésus, est-ce que tu peux croire ça ?

Marcia dit, joue les numéros du loto cette semaine.

Henry s'immisce dans mes pensées et interrompt la voix de Marcia et prononce mon nom de nouveau, avec agitation. Somnolente, je sors du lit je mets ma culotte d'hier à l'envers j'enfile mes vêtements je descends les escaliers je prends mon sac dans la cuisine il se répand en excuses, et puis je suis dehors et la porte se ferme derrière moi.

Le gros doberman noir de Henry, Davies, trottine à côté de moi tandis que je remonte l'allée caillouteuse qui mène à la grille d'entrée. Henry a suggéré que la raison de notre « affinité », c'est que nous sommes tous les deux de belles créatures nubiennes. J'ai eu envie de vomir, mais le whisky m'a retenue. L'alcool est très bon pour noyer la nausée ; je le jure.

C'est calme ici dans la campagne. Je peux entendre le chant des oiseaux. Je peux entendre le bruit d'un hélicoptère au-dessus de ma tête.

Je prends à droite

vers le centre-ville et après

je marche le long d'un ruisseau dans le parc en pensant à l'amour/l'argent.

Mon téléphone sonne et c'est Henry mais je le laisse sonner. Je suis dans la merde, pour être franche. Les lettres de relance s'accumulent. J'ai plus de quatre grosses factures, et il y a le loyer de ma chambre. J'ai besoin de faire beaucoup d'argent dans les trois prochains jours.

Henry téléphone de nouveau, en s'excusant pour ce matin, encore et encore. Je lui dis que j'ai un problème avec quelques factures. Il y a un blanc et il me demande de revenir. Il dit qu'on peut en parler.

De retour à la maison, Henry demande si je veux m'allonger à l'étage quelque temps.

Je vois qu'il a mis de côté une autre enveloppe pour moi à côté du poêle dans la cuisine, qui couvre le loyer de ce mois-ci. Tout juste.

J'ai mal dormi la nuit précédente et je ne suis pas d'humeur à faire semblant d'apprécier quelque chose.

Je me dis que la consternation se voit sur mon visage, alors il me demande si je veux boire un verre.

Il n'y a qu'une seule réponse à ça.

Nous nous asseyons dans sa salle de réception et nous buvons du whisky et chantons des chansons et puis nous montons nous coucher. Le whisky fait effet sur Henry qui, Dieu merci, s'endort, et puis moi aussi.

Une heure environ plus tard il est allongé à côté de moi à murmurer mon nom encore et encore. C'est toi qui me rends comme ça, dit-il. Il faut m'excuser. Je me sens tellement sexuel quand je suis avec toi. C'est toi qui fais ressortir ça de moi. Je compte jusqu'à dix.

1 Henry a cessé de murmurer mon nom
2 parce qu'il est tombé du lit
3 et qu'il est étalé sur le sol,
4 pouffant, complètement ivre. Je
5 saute du lit et il est
6 allongé sur le dos, impuissant et nu.
7 Rigolant comme un bébé.
8 C'est de la folie.
9 Je ne sais pas si je dois rire ou pleurer.
10 C'est n'importe quoi.

Sans trop réfléchir, je commence à remettre mes vêtements pour la seconde fois aujourd'hui. Je laisse ma culotte sur le tapis à côté de sa tête. Il ne semble pas vraiment saisir ce qui se passe.

Il répète mon nom et me regarde m'habiller, essayant de comprendre,

ivre et essayant de comprendre.

Je quitte la pièce.

Je descends les escaliers et il appelle toujours mon nom.

Il a des filles. Il a une famille. Ça ne semble pas juste que quelqu'un d'aussi vieux ait une famille aimante et que quelqu'un d'aussi jeune que moi n'ait personne.

J'entends la voix de Henry qui vient d'en haut. Il a l'air un peu désespéré maintenant. Comme s'il paniquait. Je suis dans la cuisine. J'appelle le 999.

a) « Je passais à côté de la maison de ce vieil homme, » je dis.
ou
b) « Je suis infirmière. Il a fait une belle chute. »
ou
c) « Je suis une amie du voisin et j'ai vu la porte ouverte, alors, naturellement, je me suis précipitée pour voir ce qui se passait. »

Je leur donne l'adresse.
Je raccroche.
L'enveloppe crème est sur le plan de travail, à côté de la porte latérale. De son panier, Davies me lance un long regard.
J'ouvre le loquet de la porte arrière. Davies est à mes pieds. En prenant une grande inspiration, je me sens éveillée. Je m'échappe de la maison et remonte le chemin pierreux. Davies court avec moi. Dehors le ciel est rose et je ne me sens pas mal,
même pas un peu.

11 j'entends des sirènes.

Je me demande comment il était, mon père. Grand. Rayonnant d'une lueur noire. Je me demande qui il était. Si je le savais, peut-être que je pourrais comprendre ce qui se passe.

À moitié dans un rêve et à moitié dans autre chose,

un homme apparaît dans la lumière sombre du matin, dos à moi. Je tends les mains. Il pourrait être mon père, cet homme. Son cou est de la même couleur. Ses cheveux doux, noirs et argent. Il se tourne

et le sans-abri me demande de l'argent.

Je donne à mon père quinze livres durement gagnées et titube jusque chez moi, mes mains sur mon visage. Je me rappelle qui je suis, je pense.

Une Africaine,

une Africaine des plus magiques

sur un pont de Primrose Hill. Je frémis.

Je suis sans doute complètement bourrée. La misère. Cette vie, quelle galère.

Quels sont les codes ? J'ai pensé les avoir autrefois, armée de ma grande connaissance de la Bible et du livre magique bleu pastel, qui a disparu en même temps que Maman.

Quel est le code pour se sentir exactement comme si on était au bon endroit ?

Je titube sur le pont de Primrose Hill. On est en novembre et il fait déjà un froid mordant. Je garde la tête baissée, presque invisible dans cette scène de livres d'images, particulièrement au crépuscule. Je scrute avidement les fissures du sol à la recherche de Signes, de Faits et d'Autres Choses, languissant de voir mon frère. Je me demande,

est-ce qu'il voit toujours des choses ?

Est-ce que je vais brûler en enfer, peut-être,

et si j'y suis résignée, où est la sortie ?

Est-ce que mourir fera mal ?

Est-ce que ça pourrait faire plus mal que la vie, en tout cas ? Quel est le code pour être capable de voir clairement ? Dans quel espace-temps est la femme qui me dépasse dans la rue avec son tapis de yoga tandis que je trébuche dans le noir ? Est-ce qu'on mesure les espaces-temps en nombre, et dans ce cas, quelles sont les coordonnées gagnantes ? Est-ce que la vie est une illusion aussi ? Est-ce que c'est de l'argent liquide, comme le Temps ?

Un jour Little Roo et moi étions en train de creuser à la recherche d'un trésor dans le jardin de ma tante et Grand-mère est sortie et a dit, Si vous creusez et vous creusez, *enfants*, vous allez arriver en Australie.

Alors où est notre Australie ? Nous creusons, semble-t-il, depuis des années. Est-ce que la vie est cachée dans la doublure de nos coutures ? Est-ce qu'on la porte à l'envers ?

fait

Je pense que William t'aimait vraiment, dit Grand-mère.
Laisse-moi te raconter cette histoire.

Un jour, le soleil brillait, a-t-elle commencé,
et William est apparu à la porte d'entrée. Il avait de la terre sur ses bottes. Je l'ai vu par la fenêtre à l'étage,
en train de se changer dans sa voiture, de se faire beau pour nous,
mettre de jolies chaussures marron.
C'est lui, j'ai dit. C'est tout à fait lui.
Grand-mère a acquiescé.
Ce garçon t'aimait vraiment ;
il est venu directement.
Il m'a regardé dans les yeux et il a dit,
J'aime votre petite-fille, tellement, tellement,
et je veux l'épouser. Je promets,
je promets de prendre soin d'elle.
Et Grand-père a acquiescé et a dit que c'était
d'accord pour lui.
Elle a marqué une pause. A tapoté son fichu.
Qu'est-ce qu'il fait maintenant ? Ces jours-ci ?
Je pense qu'il a une petite amie,
je dis.
Une fille. Je ne sais pas qui.

Je me surprends à faire la moue.
Pauvre fille, dit Grand-mère. Il t'aime vraiment.
Il t'aimera toujours.
Mais William était comme beaucoup d'autres choses. Tellement bon qu'il ne semblait pas suffisamment réel.
J'acquiesce et j'acquiesce mais je ne dis pas à Grand-mère
qu'il m'a appelée un jour sur deux pendant les trois premières années. Il s'est rappelé chaque anniversaire. Il était toujours, toujours là.

Je ne dis pas
que si je l'appelle aujourd'hui, ça sonnera dans le vide.

Ma mère, formidable étoile Polaire, s'active encore dans la cuisine.
Oui, il m'aime, je dis.
Dommage que ça n'ait pas marché.
Grand-père sort en boitant du salon, pour aller
à l'étage. Il lui faut beaucoup de temps pour se
déplacer ces jours-ci. Grand-père est différent.
Plus doux et assez incertain du monde.

Il sourit, les yeux plissés,
et dit,
« Je voulais te dire que tu ressembles à Yrsa. Tu ressembles beaucoup à Yrsa. »

les animaux

Fredrick Stimpson ne sait toujours pas à quoi tu ressembles. Il ouvre la porte les yeux bandés. Il aime faire semblant d'être un animal domestique. Il aime qu'on l'envoie chercher des trucs et laver tes sous-vêtements sales à la main. (Se souvenir de ne pas laver tes sous-vêtements est plus difficile qu'on pourrait le croire.) Fredrick Stimpson est d'une timidité maladive, alors il reste tout habillé le temps que ça dure. Sa maison est très très grande

(tous ces hommes qui vivent dans des maisons qui les engloutissent). Tu parles de la pluie. Il a l'accent de plus au sud. Il a grandi dans une ferme, et ça se voit.

La première fois qu'il te montre comme le gérer, tu es hypnotisée.

Tu prends facilement le coup, pourtant. Quel échange merveilleux. Vous avez déjà entendu le bruit d'une canne qui fouette l'air ? Fendant des atomes. Woush. Clac.

Fredrick Stimpson a toujours de l'argent. Et c'est pour ça que tu le vois, bien sûr. Soyons honnêtes.

Fredrick Stimpson
adore être puni,
et se demander s'il a fait quelque chose de mal

les semaines pendant lesquelles tu sombres
et tu le laisses sans nouvelles. Il t'appelle
« maîtresse » au téléphone,
il dit
que tu manques à ton animal de compagnie.

INTÉRIEUR :

VIEILLE MAISON D'HAMPSTEAD.
TOI et MALCOLM êtes assis
dans son salon bleu victorien.

MALCOLM
C'est comme si on n'avait pas d'été du tout, dans ce pays.

TOI
Oui. C'est terrible.

MALCOLM
Thé vert ou thé à la menthe ?

TOI
Oh, thé à la menthe. Tu me connais. Haha.

MALCOLM
Oh, bien sûr, je me rappelle – tu n'aimes pas le thé vert.

TOI
Ça me donne mal au ventre.

MALCOLM
Ah oui, mal au ventre.

Silence. Vous fixez tous les deux la télé. MALCOLM *est toujours nerveux au début*. TU *fixes la télévision. Des perles de sueur se forment sur son front.* MALCOLM *est un amateur de poupées en porcelaine. Elles ornent ses bibliothèques et ses vitrines.*

MALCOLM

J'ai perdu du poids la semaine dernière.

TOI

Oh, wow, bien joué.

MALCOLM

Oui, merci. Je suppose que le truc c'est de faire en sorte que ça ne revienne pas. Je ne suis pas très doué pour ça. *[Il baisse la tête honteusement]* J'ai tendance à faire des excès.

TOI

[qui as envie que tout ça aille plus vite]

Et aurais-tu besoin d'être puni ?

MALCOLM

Oh, bien sûr... Oh, les notes ! J'oublie toujours d'envoyer un email !

MALCOLM *te tend les notes et reste nerveusement près du piano pendant que tu lis.*

TOI

Ah. La directrice. Aujourd'hui, c'est la directrice.

MALCOLM

[s'éclaircit la gorge] Tu lis vite ! Haha.

[désormais incertain] Hum... Est-ce que ça te va ?

TOI

Oh, ouais, bien sûr. J'ai juste besoin de

*[*TU *ouvres ton manteau : tu portes le mauvais accessoire – la combinaison intégrale en cuir.]*

... me changer.

MALCOLM

Oh, je suis désolé, j'aurais dû te dire avant. Je suis désolé. Je suis désolé.

TOI

Non, pas de problème, ça va. Est-ce que je peux utiliser ta salle de bains ? J'en ai pour deux minutes.

MALCOLM

Mais bien sûr.

TU *vas dans la salle de bain et tu galères pour éplucher ce costume en cuir de ta peau. Ça prend plus longtemps que prévu. Ta blouse en soie est froissée, mais Dieu merci tu as pensé à l'apporter.* TU *enfiles une jupe crayon en tweed et tu remets les chaussures.* MALCOLM *t'appelle du couloir...*

MALCOLM

Prêt !

TOI

J'arrive.

INTÉRIEUR : BUREAU.

Les badines, les raquettes et deux cannes appartenant à MALCOLM *sont installées sur le bureau en chêne poli. L'argent a été placé consciencieusement dans une enveloppe brune.* TU *le fourres dans ton sac à main.* TU *t'étudies dans le miroir. Tu es une actrice, et tu es merveilleuse.*

MALCOLM *fait timidement son entrée, portant un uniforme scolaire. Au premier regard c'est ridicule. Mais nous avons tous des besoins et tu as un cœur. Aider les gens à se sentir bien est une chose sérieuse.*

TOI

Ressors et frappe à la porte.

MALCOLM *disparaît immédiatement. Un coup timide suit.*

TOI

Oui ?

MALCOLM *entre dans ton champ de vision, la tête baissée*

la peau rougissante.

TOI

Viens par ici, garçon.

fils

Un jour Sonny meurt paisiblement.
Comme un punk, dit Roo.
Tu y crois, qu'il soit mort ?
dit Roo. *Ce fils de pute. Il était malade, j'ai entendu dire. Je réfléchissais à peut-être aller le voir à l'hôpital, je ne sais pas. Pour discuter de tout ça, vraiment essayer d'être avec lui. Être un fils. Ou en tout cas une connaissance. Ha. C'est vraiment la merde, non ?*
grogne Roo dans le casque.
Il n'en valait pas la peine, je dis.
Tu vas bien ? je dis.
J'ai un rhume, il dit,

et je pense à ces parents qui sont les nôtres
nos créateurs
nos étoiles. (Des étoiles tellement impossibles,
tellement complexes.)
Comment ils sont venus, ont explosé,
et disparu.

Elles ne sont pas à nous, les étoiles,
et elles ne l'ont jamais été.

Sois attentive.

une horrible nouvelle

Quelque chose t'empêche de sortir du lit.

Fait. Les choses sont aussi grises que tu peux l'imaginer. Fait. Tu sombres.
Fait. Tu n'es plus l'enfant de quiconque
et tes mains sont encore froides. Tu bois du vin rouge pour arrondir les angles de la journée. Mais il y a de mauvaises choses qui s'enroulent sur les bords, marron/
noires... et le vin te donne des migraines. Fait.
Migraines. Fait/
Le terrible est dans ta gorge
le sombre ne sait pas comment sortir de toi
l'obscurité brûle un trou dans ton foie ;
c'est trop
et ce n'est pas assez
c'est presque insoutenable.
Tu bois de la vodka et du vin rouge le week-end
tu te fais d'innombrables amis la nuit
tu effaces leurs numéros pendant la semaine
parce que leurs noms, tu peux à peine te rappeler
leurs noms.
Tu dois aller ailleurs. Il n'y a pas assez de lumière.
Certains jours tu n'arrives pas à respirer ; tu sais
à quoi ça ressemble : quand tu t'ennuies la nuit

et que toutes les mauvaises choses sont
bruyantes et gigantesques.
Envahis les rues. On en a qu'une, de vie.

Il faut que tu bouges. Si tu doutes, bouge.

Sinon tu ne vas jamais y arriver.

vert :
une course

Quelqu'un dit un jour
par-dessus le vacarme, par-dessus la fièvre constante,

« Tu te ferais beaucoup d'argent en Afrique du Sud, tu sais. Tous les mannequins là-bas te ressemblent. Je pense que ça marcherait. »

Tu n'as pas besoin d'en entendre davantage. Tu pars. Direction Cape Town
avec 180 livres dans ton sac.

Roo téléphone.
Qu'est-ce qu'il y a ? tu dis.
Je suis littéralement dans un avion. Je vais en Afrique du Sud.
Où ? Pourquoi ?
En Afrique du Sud. Je dois y aller.
je dois
partir.
Je n'allais pas très bien,
pas très bien du tout.
(Tu voudrais pleurer, mais tu ne le fais pas.)
Raa, dit Roo.
Je te promets de t'appeler, tu dis. Quand je serai installée.
Il faut que je te dise quelque chose d'abord,

dit ton frère.
mais il ne parle pas,
il ne parle vraiment pas.

Ils sont en train de nous dire d'éteindre nos téléphones.
Qu'est-ce qu'il y a ?
Dépêche-toi, mec,
tu dis,
la nana va me crier dessus.
Tu l'entends respirer.
C'est rassurant, d'entendre le souffle de ceux que tu aimes le plus.

Aujourd'hui j'ai rencontré ma fille.

Quoi ? tu dis.
Ouais,
dit Roo,
je ne savais pas non plus. Je me sens dans un état incroyable ;
je n'ai jamais ressenti ça.
Je l'ai tenue dans mes bras et c'était tout.

Oh mon Dieu,
tu dis.
Oh mon Dieu,
tu dis.
Oh mon Dieu, tu as une fille !
Tu dis.
je suis tellement heureuse pour toi. Pour nous.

Et la femme vient te prier de raccrocher et tu dis,
Roo.
Roo.
On est littéralement en train de décoller.
Je dois y aller

je dois y aller
mais JE T'AIME
et elle aussi je l'aime
et je t'appelle quand j'atterris.

Tu devrais t'entendre, dit-il.
Raa.
Tu deviens tout émue.
Ferme-la, tu dis, et tu raccroches.

être loin ; un almanach

Tu ne peux pas fuir ce que tu es
parce que le terrible vient et vient et vient aussi sûr que tu respires. Aussi certain. Le terrible est incrusté profond dans tes doublures, tout au fond de la moelle. Les gens ont beaucoup de mots pour le désigner.

Il y a dix mille noms pour lui et pour toi. Où que tu sois, il te rattrape. Ça te rattrape en Afrique du Sud. Où que tu sois et quoi que ce soit, le terrible essaye de t'agripper et parfois tu marches dans la rue et ça essaie de te faire un croche-patte et de t'envoyer aux Enfers. Le terrible surgit comme une détonation dans la nuit. Il prend un verre et plusieurs autres et il vient te harceler le matin ; il t'empoisonne presque avec tous les verres dont il a besoin pour rester vivant. Il joue avec toi le matin suivant – il reste toute la journée, à te serrer les épaules, à faire trembler tes mains. Il te sourit, le terrible. Assis, les bras croisés, dans un coin de la chambre. Il ne peut pas s'en empêcher. Il a juste besoin d'amis.

C'est une chose si solitaire.

Le terrible a besoin de manger et il dévore des vies entières en un seul repas.

Le terrible claque ses terribles mains et tout tombe juste entre elles. Le terrible est là pendant un mois et absent pendant un moment jusqu'au milieu du suivant, ce qui te permet de reprendre ta respiration – et juste quand où tu penses presque que tout va bien et que tu n'es pas en train de suffoquer ni d'hyperventiler, il te surprend au milieu de la nuit de nouveau. Tu trouves un autre docteur gentil, avec de longs cheveux. Selon lui, le terrible a besoin de boire plus d'eau, de marcher davantage. Le terrible a besoin de vitamines plutôt que d'un traitement anti-anxiété ; peut-être un peu de TCC pour ses TOC. Pour sa légère phobie des microbes.

Le terrible laisse échapper un soupir de soulagement. Il ne prendra pas de cachets parce qu'il n'y croit pas mais il croit à la spiruline, devient végan, devient gluten free, fait de longues balades au soleil,

il se détoxifie, retire le lourd métal de son système terrible. Il veut arrêter de boire mais ne peut pas, il veut appeler Roo mais ne le fait jamais, jamais. Le terrible crie sur ta mère dans des cauchemars ambrés et ne peut absolument pas comprendre pourquoi tu ne veux pas le prendre dans ton lit. Il y grimpe avec toi de toute façon ; et c'est exactement comme tu pensais. Le terrible se réveille en frémissant et RUGIT

et tu essaies de l'enfermer hors de ta chambre mais il se glisse dans l'espace entre la porte et le sol.

Le terrible rencontre un homme étranger dans un bar qui te dit que les gens noirs dans son pays sont paresseux et le terrible lui saute immédiatement dessus et le poignarde presque ;

le terrible te choque d'une façon que tu n'aurais jamais imaginée,

il te fait trébucher, il te fait faire des choses que tu ne devrais pas faire et des choses que tu ne ferais pas,

il te ridiculise. Il est évasif, et parfois invisible, ou en vacances. Une bonne décision par-là, un peu d'abstinence par-ci, un peu de modération et tu penses qu'il t'a laissée tranquille mais après tu marches et le terrible est un trou qui n'attend que de te piéger. Un putain de trou dans le sol. Le terrible est la raison pour laquelle tu ne peux pas appeler tes grands-parents et le terrible est la raison pour laquelle personne n'a de nouvelles de Roo et la distance de Samson et la raison pour laquelle, quand Grand-mère emporte les cendres de Marcia, personne ne se plaint. Le terrible est un mur de fumée, qui se met toujours dans ton chemin, obscurcissant tout. William te téléphone le jour de ton anniversaire, cette année et la suivante et la suivante, et le terrible ne le rappelle pas, te poussant à te demander quel genre d'esprit impie détruit une chose si belle. Et tu dégringoles et tu dégringoles et tu dégringoles. Il se resserre autour de ton cou comme une breloque, une larme de rouille. Il fait un trou dans ton cœur
et le remplit de
fil.

Le terrible soupire (encore).

Le terrible a chaud à l'intérieur quand l'homme qui sent les embrouilles te paye un dernier whisky, celui qui va te faire vriller.

Le terrible pleure et ne peut pas y croire quand tu es choisie pour le job parmi toutes les autres filles ; ça te retourne le ventre ; le terrible t'emmène manger de la glace en guise de dîner quand tu vends la maison de Marcia après Deux PUTAINS d'ANNÉES et Demi et s'affame d'alcool.

Peut-être que c'est ton ami. Peut-être que le terrible est ton cœur ? Peut-être que le terrible t'aime, après tout ?

Tu ne sais pas que je t'ai aidée tout du long ?
dit le terrible.

Tu ne sais pas que tu fais partie des chanceux ? crie le terrible. Tu ne sais pas que je m'occupe de toi, espèce de créature ingrate ? Misérable ! Tu ne sais pas que ces temps sombres t'ont rendue plus forte ? (Ainsi parlait le terrible.) Tu ne sais pas que sans moi tu serais juste une fille de plus avec une vie de tous les jours et une presque-maison toujours en travaux et un mec que tu tolères mais que tu n'aimes pas vraiment et un père que tu as rencontré mais qui t'empêche de faire quoi que ce soit et de voir le monde, tu ne sais pas que tu serais une femme ennuyeuse avec des factures et un job horrible et des rides autour des yeux et des bébés et des bébés et un emprunt et des économies et du sexe chiant ou pas de sexe et une vie tiède, TU NE SAIS PAS QUE JE T'AI PROTÉGÉE, PUTAIN ???? rugit le terrible, ses yeux jaunes étincelant. Tu ne sais pas que je t'ai donné les meilleures lignes de vie, une histoire scintillante, une punchline, une raison de vivre, tu ne sais pas que les drogues ne t'ont pas tuée – elles auraient pu ou auraient dû et ne l'ont jamais fait, tu ne sais pas que ta vie a été une suite de formules magiques lancées l'une après l'autre, est-ce que tu es stupide, crie le terrible... alors, est-ce que tu es stupide ? Tu ne sais pas que sans moi tu mouraismourraismourrais dans la banalité ? Est-ce que tu n'as rien appris ? Est-ce que tu ne sais pas que tu as gagné la résilience ? Est-ce que tu ne sais pas QUE JE T'AI GARDÉE RICHE ? Non... Je ne pense pas, renifla

le terrible, secouant sa(ses) tête(s) violemment
dans le vent,
en se détournant de moi et du monde,
et pourquoi est-ce que tu ne m'as jamais aimé ?

demande le terrible.
ses yeux jaunes scintillant humides de rage.

Le terrible a toujours été là pour toi. C'est vrai. En tout cas depuis les livres et Maman et le plan de travail. Il t'apparaît sous beaucoup de formes différentes. La nuit, tu te disputes avec Marcia, qui devient Linford. David frappe à ta porte, avec un sourire de mort. Les interrupteurs ne fonctionnent pas. Il y a un chat au plafond. Tes grands-parents portent des ailes brillantes et volent dans ta chambre tard le soir. Tu réponds à un coup à ta porte et le chat entre, agité, exactement comme s'il était chez lui. Juste comme ça. Il y a un lion dans ton lit. Il y a des griffures sur le sol de la cuisine. Maman campe dans tes rêves, ton père apparaît, dos à toi, et quand il se tourne c'est Scott Bakula. Tu ne peux pas dormir la nuit. Quels sont les codes pour les choses joyeuses ?

Est-ce que je me suis noyée ?

Quelles sont les coordonnées d'un endroit au-dessus du niveau de la mer ?

Personne ne peut faire du sur-place éternellement. Personne ne peut avaler du sel et de la saumure et de la bile éternellement. Et si nous devons survivre, pourquoi pourquoi tout ça et pourquoi pourquoi pourquoi toute la douleur pourquoi les désastres naturels pourquoi la politique pourquoi la guerre pourquoi le danger chaque jour pourquoi l'éternelle surcouche de stress et de souffle coupé, d'anxiété et de panique, pourquoi la fréquence de la peur est-ce que nous devenons adultes jusqu'à notre mort allons-nous brûler dans les flammes de l'enfer parce que nous sommes de mauvaises choses toujours de mauvaises choses faisant de mauvaises choses pourquoi le monde déteste-t-il les Noirs est-ce que c'est un monde est-ce que c'est le seul monde est-ce que c'est vrai, tout, dans la Bible ? Est-ce qu'il y a Dieu est-ce qu'il y a un Dieu et est-ce que Dieu est avec nous ou contre nous ? Avons-nous contrarié la Sainte Trinité risquons-nous de mourir allons-nous mourir allons-nous vivre est-ce qu'un seul de nous vivra et atteindra la vie éternelle après est-ce que la terre est ruinée pour de bon. Est-ce que c'est le réchauffement climatique pourquoi est-ce que le climat change. Qu'est-ce qui rend un ciel laiteux rose ? Est-ce que ce sont les péchés du monde, saignant dans l'atmosphère rougissant les nuages au-dessus de nous ou est-ce que c'est l'amour. Est-ce que ça pourrait être l'amour ? Jésus Christ,

est-ce qu'il peut y avoir de l'amour ?

Il y aura plus d'amour,

dit le ciel.

Il y aura plus d'amour.

(i)

Une fille entre dans un bar et
c'est toi la fille. Toi et le terrible vous buvez seuls,
assis côte à côte, en vous tenant les mains, en vous
câlinant comme de vieux amoureux. Le barman te dit,
« Pourquoi tu tires cette tête ? »
Quand il te demande ton nom, tu n'es pas sûre
que les mots sortent.

(ii)

Une fille dans un bar repousse ses cheveux,
boit le deuxième whisky
et se sent mieux, vacillant sur le bar. La fille dit,
Aaaaloors c'est quoi ce truuuc ?
Le barman dit
c'est une nuit où les gens parlent.
Ils parlent ?
Ils parlent, dit-il. Principalement en poésie,
dit-il.
Tu aimes la poésie ? Tu te souviens de la poésie ?
Il y a quelque chose sous tes coutures ;
tu te souviens
de la poésie. Ils disent écris tes pensées.
Alors tu le fais, et tu le fais
et tu le fais. Ils disent écris un poème
sur les disputes familiales,
si tu veux. Pour lundi prochain, si tu peux.
Viens le lire,
si tu peux.
Tu ris. Tu dis, Ouais. Ouais je pense
que je pourrais le faire.

Le terrible écrit de la poésie, impressionne les gens
Le terrible écrit de la poésie impressionne les gens
Et le terrible écrit de la poésie
impressionne les gens
après tout, écrire se passe en six étapes

1 tu rêves
2 tu te réveilles
3 tu t'assois
4 tu t'installes sur la chaise/le lit/le sol
5 tu te dis que se
passe-t-il ? est-ce que c'est le jour
où rien ne viendra ? est-ce que
c'est la fin ?
6 et puis tu saisis
ton cœur, involontairement
et ton âme apparaît. Ton
âme apparaît, je te jure.

Ce n'est pas comme un bloc, pas vraiment.
Ton âme se soulève et tu la laisses faire ; ou pas.

Épilogue

C'est le Moment.

Roo et moi sommes dans la voiture garée. Nous étions en route pour aller chercher les enfants chez leur mère. Il a trois enfants maintenant. Je suis de retour dans le Nord ce week-end pour rendre visite à nos grands-parents parce que Grand-mère fête ses quatre-vingt-dix ans.

Le ciel du Nord de l'Angleterre semble avoir pâli. Je suis sûre qu'il y avait plus de couleur autrefois quand nous étions enfants, mais ça ne peut pas être vrai. À moins que le monde soit lentement en train de se décolorer.

C'est le petit matin. Nous sommes garés juste en face de la maison pour voir le mieux possible. Nous sommes arrivés assez tôt pour faire un détour astucieux et aller espionner notre ancienne maison. Des gens propres et fonctionnels vivent ici maintenant – ça se voit au porche qui a été repeint et au jardin bien entretenu. Il y a une nouvelle clôture en bois à l'arrière, si bien que nous ne pouvons pas tout voir. Il y a une caravane garée à l'extérieur, donc je suppose que le jardin est bien gardé ces jours-ci.

« On dirait que le job est allé aux plus méritants », dit Roo, en grimaçant.

Pourtant, ils ont gardé le rosier et la véranda. La petite plante en pot sur le devant est maintenant devenue une fougère harmonieuse. La maison murmure toujours *je suis à Marcia*. Le cimetière est petit et calme, beaucoup plus beau que dans mon souvenir.

La lumière du vestibule est allumée. J'ai envie de sonner à la porte. Demander si je peux jeter un œil à l'intérieur, mais je n'ose pas. Ça pourrait être trop différent là-dedans ;

ou pire, exactement pareil.

La Lune est dans le ciel du matin, ronde et obstinée comme elle l'a toujours été. Nous pouffons, parce que Roo a allumé la radio locale et qu'il y a un dj qui parle avec ce gros accent de Chorley.

La version de Bitty McLean de « Dedicated to the One I Love » commence

et cette chanson me rappelle Marcia Daley-Ward. Bon sang, elle savait danser.

Une vieille dame arrive au coin de la rue. Ses cheveux et son visage sont blancs et elle a une canne vert fluo. Elle croise mon regard et s'immobilise un moment. Délibérément, elle commence à traverser jusqu'à l'endroit où nous sommes garés. Les gens sont fouineurs par ici. C'était notre quartier, pourtant. Nous avons autant le droit d'être là que quiconque.

Elle a l'air de venir vers nous.

Quand elle finit par atteindre la voiture je baisse ma vitre, prête pour tout ce qu'elle pourrait dire. Elle s'appuie sur sa canne et reprend sa respiration avant de parler, ses yeux passant de Roo à moi.

« Bonjour, comment allez-vous ? »

« Hmmm… bien », je réponds. « Et vous-même ? »

« Vous viviez ici autrefois, n'est-ce pas ? »
Surprise, j'acquiesce.

« Je me souviens de vous deux », elle dit. « Vous ne viviez pas là avec votre mère ? »

Ça me paralyse un instant. Je m'éclaircis la gorge. Je dis,
« Oui, mais ça fait un moment. On a tous les deux déménagé maintenant. Je n'étais pas revenue depuis sept ou huit ans. »

« Dix », dit Roo. « Presque dix. »
« Oui », dit-elle. « Oui. Je me souviens de vous deux. »
Je ne me souviens pas du tout d'elle. Roo est silencieux.
« Je vivais juste derrière chez vous, » elle continue, comme si elle lisait dans nos pensées.
« Mon mari est mort il y a quatre ans, bien sûr, et vos voisins qui étaient là, de ce côté, sont partis aussi. Vous étiez des enfants vraiment spéciaux. Nous nous le disions souvent. »
et puis,
« Est-ce que vous allez rester longtemps dans le coin ? Pourquoi est-ce que vous ne viendriez pas me rendre visite ? »

Personne ne dit rien.
« Je crois qu'il va pleuvoir », dit-elle.

Roo hoche la tête et je regarde le ciel.

« Il faut que je rentre à Londres », je dis. « Mais une autre fois. » « Ouais », dit Roo. « Bientôt. »

« Eh bien, bonne chance, vous deux, bonne chance », dit-elle. « Je vais tâcher d'avoir le bus maintenant. »

Je dis merci, et je souris et je hoche la tête, et je remonte la vitre. Roo retombe dans le silence.

Bitty McLean chante
« *Chaque nuit avant de te coucher, mon bébé*
Chuchote une petite prière pour moi, mon bébé »
et je pose ma tête sur l'appuie-tête, en me rappelant mes mains dans celles de Marcia. Comment elle savait bouger comme personne.

Il y a un grondement sourd dans le ciel.

Soudain, les yeux de mon frère semblent fixer quelque chose au-delà de la fenêtre passager. Il bouge brusquement

et fait accidentellement tomber sa cigarette par la fenêtre.

« Quoi,
qu'est-ce qu'il y a ? »

« Regarde le rosier, »
dit Roo.

« Mais quoi ?
Qu'est-ce qu'il y a ? »

« Un truc vient juste de bouger. Je te jure ! C'est fou. »

« Mais non, arrête. »

Mais le visage de Roo
n'a pas bougé.
Ce n'est pas une
plaisanterie, on dirait.
Pas une plaisanterie du
tout.

Je regarde là où il regarde
et je la vois aussi.

Quelle chance. Quelle extraordinaire magie.

Composé et mis en pages
par Nord Compo à Villeneuve-d'Ascq
et achevé d'imprimer en novembre 2023
par l'imprimerie Corlet,
en Normandie.

MIXTE
Papier issu de
sources responsables
FSC® C014496

ISBN : 978-2-413-08178-4
Dépôt légal : février 2024
Numéro d'impression : 23070447